U0458883

阿赫玛托娃诗全集

1904 – 1920

晴朗李寒 译

人民文学出版社
PEOPLE'S LITERATURE PUBLISHING HOUSE

图书在版编目(CIP)数据

阿赫玛托娃诗全集.1904—1920/(俄罗斯)阿赫玛托娃著;
晴朗李寒译.—北京:人民文学出版社,2017(2022.3重印)
ISBN 978-7-02-012284-4

Ⅰ.①阿… Ⅱ.①阿… ②晴… Ⅲ.①诗集-俄罗斯-
现代 Ⅳ.①I512.25

中国版本图书馆CIP数据核字(2016)第326410号

责任编辑　朱卫净　何炜宏
装帧设计　高静芳

出版发行　人民文学出版社
社　　址　北京市朝内大街166号
邮政编码　100705

印　　刷　凸版艺彩(东莞)印刷有限公司
经　　销　全国新华书店等

字　　数　120千字
开　　本　889×1194毫米　1/32
印　　张　15.25　插　页　5
版　　次　2017年4月北京第1版
印　　次　2022年3月第2次印刷

书　　号　978-7-02-012284-4
定　　价　98.00元

如有印装质量问题,请与本社图书销售中心调换。电话:010-65233595

目录

安娜·阿赫玛托娃：简短自述

1889年6月11日（新历23日），我出生于敖德萨附近（大喷泉）。我的父亲当时是一名退役的海军机械工程师。在我还是一岁的小孩子时，便被送到了北方——进了皇村。我在那里一直生活到16岁。

我最初的记忆——都是与皇村有关的：葱茏的绿意，众多公园的潮润与辉煌，保姆曾带我去过的牧场，形形色色的小马蹦来跳去的跑马场，古老的火车站和一些别样的事物，它们嗣后都被收录进了《皇村颂》中。

每年夏季，我都是在塞瓦斯托波尔附近的人马座海湾岸边度过的，也正是在那里，我与大海结为了好友。这些年给我留下最为鲜明印象的是——古老的赫尔松涅斯，我们曾在它附近居住。

我是通过列夫·托尔斯泰编的识字课本学习阅读的。五岁时，听着女教师给稍大些的孩子们上课，我开始学习法语。

写下第一首诗时，我才11岁。对我而言，诗歌的启蒙并非来自于普希金和莱蒙托夫，而是杰尔查文

（《皇室少年生日之诗》）与涅克拉索夫（《严寒，通红的鼻子》）。这些作品我的妈妈都能够背诵下来。

我曾就读于皇村女子中学。起初我的成绩非常糟糕，后来变得好多了，然而内心却总是不太情愿学习。

1905 年，我的父母离异，妈妈带着孩子们搬到了南方。我们在叶甫帕托里亚 ① 生活了整整一年。我在家中自学了中学毕业前一年级的课程。我还时常怀念皇村，并写下了大量庸俗无聊的诗歌。1905 年革命的回声隐约传到了几乎与世隔绝的叶甫帕托里亚。最后一年级的课程我是于基辅完成的，在封杜克列耶夫中学，1907 年我从那儿毕业。

我考入了基辅的女子高等学校法律系。暂时不得不学习法学史，特别是要学拉丁文，我曾经对此比较满意；但是，当只纯粹地讲授法律时，我便对这些课程失去了兴致。

1910 年（旧历 4 月 25 日）我嫁给了尼·斯·古米廖夫 ②，我们去巴黎度过了蜜月。

---

① 叶甫帕托里亚：乌克兰克里米亚半岛城市，临黑海。有海滨浴场。西面的迈纳克湖有医疗用泥塘，为滨海儿童泥疗胜地。——译注。（后文如无特殊说明，均为译者注释。）

② 尼古拉·斯捷潘诺维奇·古米廖夫（1886—1921），俄罗斯诗人，"阿克梅派"创始人，阿赫玛托娃的第一任丈夫。

在巴黎鲜活的肉体上（左拉如此描写道）新的街心公园铺设工作还没有完全结束（Raspail 街心公园）。爱迪生的朋友维尔纳，在"Taverne de Panteon"（先贤祠咖啡馆）指着两张桌子对我说："这里聚集的都是你们的社会民主人士，这边是布尔什维克，那边是孟什维克。"喜欢不断花样翻新的女人们有的打算穿上那种裙裤（jupes-cullottes），有的打算穿上几乎覆盖了双腿的窄裤（jupes-entravees）。诗歌几乎无人问津，人们之所以购买诗集，仅仅是由于上面的小花饰出自有名或名气不大的画家之手。我当下便明白了，巴黎的绘画吞噬了法国的诗歌。

回到彼得堡后，我在拉耶夫高级文史学校学习。此间我已经创作了不少诗歌，它们后来被收入我的第一本诗集。

当人们给我看英诺肯基·安年斯基的诗集《柏木首饰匣》校样后，我曾激动异常，读着它，忘记了世间的一切。

1910 年，象征主义的危机明显地暴露出来，刚起步的诗人们已经不再追随这一流派。其中有些人加入了未来主义，而另外一些人加入了阿克梅主义。我与"诗人第一车间"的同道——曼德里施塔姆、津克维奇、纳尔布特——一起成为了"阿克梅人"。

1911年的春天我是在巴黎度过的，在那里，我成为俄罗斯芭蕾舞成功首演的见证者。1912年，我游历了意大利北部（热纳亚、比萨、佛罗伦萨、博洛尼亚、帕多瓦、威尼斯）。意大利的自然风光与建筑艺术给我留下了深刻的印象：它如梦如幻，会使你终生难忘。

1912年我的第一本诗集《黄昏》问世。它总共只印了300册。评论界对它比较赏识。

1912年10月1日，我唯一的儿子列夫降临人世。

1914年3月，我的第二本诗集《念珠》出版。它的生命力大概也就持续了六周。5月初彼得堡开始沉寂下来，人们纷纷逃离这座城市。这次与彼得堡的别离竟成为永诀。我们再回来时，它已不再是彼得堡，而成了彼得格勒。我们从19世纪一下子跌入了20世纪，自城市的风貌开始，一切面目全非。我觉得，作为初写者一本爱情的诗歌小册子，理所当然会在世界大事中湮没无闻的。时间自有它的安排。

每年的夏季我都是在以前的特维尔省度过，它距别热茨克市有15俄里。这里并非风光宜人：丘陵上的田地被翻耕成整齐的方块儿，磨坊，泥塘，干涸的沼泽，"小门小户"，除了庄稼，还是庄稼……《念珠》和《白色的鸟群》中的许多首诗我就是在那里完成的。《白色的鸟群》于 1917 年 9 月出版。

对这本书读者们与评论界是不公允的。不知为什么大家都认为，它较之于《念珠》的反响要小些。这本诗集的面世，正处于重大的社会变革阶段。交通瘫痪——诗集甚至连莫斯科都不能运到，它在彼得格勒即被销售一空。杂志社关门，报社也是如此。因此相对于《念珠》，《白色的鸟群》一书少了轰动的媒体效应。日渐增多的是饥饿与纷争。多么可怕，而当时人们却没有顾及到这些状况。

十月革命以后，我在农业学院的图书馆工作。1921 年，我的诗集《车前草》出版，1922 年出版了《Anno Domini》(耶稣纪元)。

大抵在 20 年代中期，我怀着浓厚的兴趣，开始了古老的彼得堡建筑艺术和普希金生平与文学创作的研究工作。普希金研究的主要成果有三个：论《金鸡》、论本杰明·贡斯当的《阿道尔夫》以及《石头客人》。这些文章在当时全部发表了。

与《亚历山德林娜》、《普希金与涅瓦海滨》、《普希金在 1828》相关的工作，我几乎做了近 20 年，很显然，我想把它们收入专著《普希金之死》中。

自 20 年代中期我的新诗几乎停止了出版，而旧作——停止再版。

1941年卫国战争期间，我被迫困留列宁格勒。9月底，封锁已经开始了，我才乘飞机到了莫斯科。

1944年5月之前我生活在塔什干，我急切地搜罗着所有与列宁格勒、前线相关的消息。如同其他的诗人，我也常常到军队医院去慰问演出，为受伤的战士们朗读诗歌。在塔什干我第一次知道了，什么是酷热、树荫和水声。而且我还懂得了，什么是人类的善良：在塔什干我曾多次患病，而且都病得不轻。

1944年5月，我乘飞机抵达了春天的莫斯科，它已经完全沉浸于临近胜利的愉快希望与期盼之中。6月，我返回了列宁格勒。

这个可怕的幽灵令我惊惧异常，它伪装成我的城市的样子，我把与它的相见写入了我的散文中。那段时间促使我写出了《三棵丁香》和《做客死神家》等随笔，后者与我在捷里奥基前线朗诵诗歌一事有关。散文对我来说永远是神秘与充满诱惑的。我从一开始便洞悉了诗歌的全部，而对散文却永远是一无所知。我最初的尝试得到了大家的赞扬，而我本人，当然，对此却并不信以为真。我求教于左琴科①。他命令我将某些段落删除，并且说，他同意保留其他的部分。我

_____

① 米哈依尔·左琴科（1894—1958），苏联著名幽默作家。

非常高兴。后来，我的儿子被逮捕，我把它们与其他手稿全部烧毁了。

我很早便对文学翻译问题感兴趣。近些年来我翻译了许多作品。至今仍在译着。

1962年我完成了《没有主人公的叙事诗》，这部长诗我写了22年。

去年冬天，即"但丁年"的前夕，我重新聆听到了意大利语——我参访了罗马和西西里。1965年春天，我去了莎士比亚的故乡，看见了大不列颠的天空和大西洋，与老朋友们重聚，并结识了些新朋友，又一次访问了巴黎。

我没有停止诗歌的写作。诗歌的写作对于我来说，就是我与时代、与我的人民的新生活的联系。当我写下它们，我就活在了那韵律中，这旋律就喧响在我的国家的英勇的历史之中。我是幸福的，因为我生活在这个时代，并且目睹了那些无与伦比的事件。

1965年

百合花

我采摘了一束美丽芬芳的百合，

它们像一群纯洁天真的少女，矜持而羞涩，

那些花瓣颤抖着，沾满了露珠，

我从上面啜饮了芳香、宁静和幸福。

仿佛因为痛苦，我的心战栗地揪紧，

而暗淡的百合也摇动着花冠，

我重新想起了远方的自由，

在那个国度，我曾和你相依相伴……

1904 年 6 月 22 日

敖德萨

致 A.M. 费多罗夫 [①]

我和你走在黑色的深渊之上，

一道道闪电，发出刺眼的光芒。

那个黄昏，我找到了难以估价的珍宝，

在神秘的时隐时现的远方。

我们的爱情之歌曾是那样纯洁，

比月光还要透明，

而黑色的深渊，睡醒了，默默地

等待着誓言的激情。

你温柔而慌乱地亲吻我，

充满了闪闪发光的幻梦，

深渊之上，是大风在喧哗，呼啸……

被遗忘的坟墓之上，是竖起的十字架，

它显得苍白，像默不作声的幽灵。

1904 年 7 月 24 日

---

① 亚历山大·费多罗夫（1868—1949），俄罗斯诗人、剧作家、翻译家。

哦，不要说！这些激动热情的话语……

哦，不要说！这些激动热情的话语
让我在火焰中都会战栗。
我无法把温柔的眼神
从你的身上慌乱地转移。

哦，不要说！在我年轻的心里，
你好像唤醒了某种奇妙的东西。
觉得生活恰似美好而神秘的梦幻，
那里有鲜花般的亲吻。

你为何向我这样低地俯下腰身，
从我的眼神里你读到了什么，
为什么我在发抖？为什么我身处火焰？
快走开！啊，你何必来到我的身边。

1904—1905 年

春天的空气有权命令……

春天的空气有权命令

…………①

请不要把洁白的玫瑰编成花环,

编成芬芳温柔的玫瑰花环,

在尘世你也是孤身一人,

承受着无用的生活的重担。

1900 年代初—1906 年?

克里米亚

---

① 此处诗句有散佚或删节,以下同,不再注明。

我会爱……

我会爱。

会变得顺从与温柔。

我会满含诱惑、迷人和摇曳的微笑

注视着你的眼睛。

我柔软的躯体如此轻盈和匀称，

鬈发的芬芳令人惬意。

啊，谁和我在一起，谁的灵魂就不得安宁

谁的拥抱就会变得安逸……

我会爱。我有骗人的羞涩。

我如此胆怯而温柔，总是默默无言。

只有我的眼睛在说话。

它们明亮而清澈，

如此晶莹，闪烁着光芒。

它们预示着吉祥。

你相信——它们会欺骗你

只是它们的天蓝色

比蓝色的火焰——

更加温情与明亮。

我的双唇间——是鲜红的爱意。

我的乳房洁白，胜过高山的冰雪。

我的声音——是天蓝色溪流的潺潺絮语。

我会爱。我的吻期待着你。

1906 年

叶甫帕托里亚

你来到大海边，在那里遇见了我……

你来到大海边，在那里遇见了我，
在那里，柔情融化，我也爱上了你。

那里有两个人的身影：你的和我的，
如今它们相互思念，溶解了爱情的忧郁。

浪花拍击着海岸，就像当时
它们没有忘记我们，永远不会忘记。

不屑于时间的漫长，轮船远航，
朝着河水汇入海湾的方向。

现在和将来都不会有终点，
恰如太阳这个信使自古至今的奔忙。

1906 年

他手上戴着许多闪光的戒指……

他手上戴着许多闪光的戒指——
那是被他征服的少女的温柔之心。

那里有钻石的欢腾，有蛋白石的幻想，
还有美丽的红宝石闪烁着神奇的光芒。

但他白皙的手指上没有我的戒指，
我的戒指从来没有给过任何人。

这是金色的月光为我打造，
它在梦中给我戴上，并轻声为我祈祷：

"珍惜这礼物吧，为你的梦想骄傲！"
这枚戒指我不会给任何人，直到永远。

1907 年

他微笑着，站在门槛上……

他微笑着，站在门槛上，
闪烁的烛火熄灭。
越过他，我看见道路尘土飞扬，
月光西斜。

1908 年

巴拉克拉瓦

天空古老的徽章，弯成弧形……①

天空古老的徽章，弯成弧形，
上面有些什么，几乎分辨不清。
一个女孩儿，坐在小旅馆门口，
我曾叮嘱她，今天要把我等候。

她注视着春天的草地，
手指剥弄着鲜橙。
笑着问："大概，您不是本地人?！"
她离去时，只留给我一个眼神。

看不到大路，也看不清小道，
我让四轮马车在这里停靠。
从来没爱过金发女郎，
如今我也不会爱上。

———————

① 此诗是以一个男性的口吻写成。

我们玩骨牌直到夜深，

这一天我非常走运……

当客人们告别而去，

小窗外的黑暗已渐渐消隐。

嘴里哼唱着《五月的相遇》，

我爬上弯曲摇晃的楼梯，

旅馆老板给我照亮，唠叨个不停：

"别吵，许多女士住在楼里！"

1909 年

月光沿着地板流淌……

月光沿着地板流淌，
一颗心瞬间冻僵，又变得滚烫，
手指怡然地抚弄着秀发，
它们像亚麻，似明亮的波浪。

闪电划过，仿佛一根火柴，
在昏暗的天空吹熄。
温柔的小鸟身穿白色的衣裙
在我的床榻上睡去。

心儿剧烈地跳动，双手合起，
轻声叩问："哦，上帝，你在哪里？"
我记得那令人心醉的嗓音，
我记得，它们是那样清晰。

1909 年

我向窗前的月光祈祷……

我向窗前的月光祈祷——

它苍白，单薄，笔直。

今天我从清晨便沉默不言，

而我的心——裂为两半。

我的洗脸盆上

青铜变成了绿色。

但月光仍在上面嬉戏，

看起来是那么快乐。

在夜晚的寂静中

它是如此天真，单纯，

在这空空荡荡的宫殿里

它仿佛幸福的节日

给我带来慰藉。

1909 年 11 月 3 日

基辅

风啊，埋葬吧，请把我埋葬……

风啊，埋葬吧，请把我埋葬！
我的亲人们没有前来，
我的上空只有暮色迷茫，
只有寂静的大地的呼吸。

我曾经和你一样，自由自在，
但我更渴望生活。
你看，风啊，我的尸体冰冷，
没有人来叠放我的双臂。

请用暗夜的裹尸布
掩盖起这黑色的伤口，
请命令蓝色的大雾
为我朗诵赞美诗。

为了让我孤身一人，轻松地

进入最后的梦乡，
请用高高的苔草的沙沙声
为春天，为我的春天歌唱。

1909 年 12 月

基辅

读哈姆雷特

1

墓地右侧的空地尘土飞扬，
墓地后面的河水一片蔚蓝。
你对我说："好吧，你是去修道院
还是要嫁给那个混蛋……"
王子们永远只会这样说话，
但是我记住了这一句，——
愿它像白鼬皮的长袍
从肩头一百个世纪不断流淌。

1909 年，1945 年
基辅

2

就好像一时失言，
我称呼了："你……"
微笑的影子照亮了
可爱的面庞。
因为这些说错的话语
每个眼神都突然闪烁着火焰……
我爱你，就像四十个
温柔的姐妹。

1909 年，1945 年

基辅

我们诅咒着对方……

我们诅咒着对方，

当激情奔涌，炽烈到白热化。

我们还不明白，

对两个人来说，地球是多么小，

疯狂的记忆折磨着我们，

强者的拷问——灼人的病痛！——

而在无边的深夜，内心让我打听：

啊，离去的朋友在哪里？

当狂欢和冒险之后，合唱声响起，

透过缕缕神香的烟雾，

严厉而固执地注视着灵魂的

依旧是那双无法逃避的眼睛。

1909 年

摘自第一本练习册

断章

他们惊慌而大声地交谈，

让我整晚无法入睡，

不知谁踏上了遥远的行程，

偷走了生病的孩子，

而母亲在昏暗的帐幔中

折断了干瘦的手指

她在漆黑中久久地寻找

被子和干净的包发帽。

1909 年

基辅

我的深夜——都是关于你的呓语……

我的深夜——都是关于你的呓语，
而白天——却冷漠地说：随他去！
我对着命运微笑，
它却常常送给我忧郁。

昨日沉痛的狂热，
是否很快就要把我烧完，
我觉得，这场大火
不会化作霞光满天。

在大火中是否还要挣扎很久？
我悄悄诅咒那个远行者。
在我可怕的陷阱里，
你看不见我。

1909 年

基辅

不知是我陪你留了下来……

不知是我陪你留了下来，
还是你和我一起离去，
但是，我的天使，分手
始终没有变成现实！
不是稀奇古怪的责难，
也不是懒散忧伤的叹息，
是你平静而明亮的眼神，
唤起我黑暗的恐惧。

1909 年

摘自瓦西里卡 ① 的遗言

至于我的新娘，她想在哪儿生活，
随她的便，
我被葬在空旷的田野里，
躺在墓中什么都不能照管。
我把所有白银都留给她
作为遗产，
…………

1909 年

---

① 瓦西里卡，男人名字瓦西里的昵称，不知此诗中具体指何人。

你疯狂的眼神……

你疯狂的眼神，
冰冷的语言，
那些对爱情的表白，
都是在初次见面之前。

在某个久远的世纪
我曾向你许诺，
跨越海洋，穿过河流，
像中了魔法一样前来见你——

我不知道你的特征，
也不知道你的姓名。
对于我，你仿佛没有遮盖的夜晚，
仿佛黎明。

1909 年

酒神颂

绿色的那个春天在宇宙中前所未见。

1909 年

诗二首

1

枕头的两头儿

都变热了。

这第二支蜡烛

也将燃尽，乌鸦的啼叫

变得越发清晰。

整个晚上我无法入眠，

想着一个梦直到很晚……

白窗户上的纱帘

无法忍受地发白了。

　　你啊，可真是！

2

还是那声音，还是那眼神，

还是那亚麻色的头发，

一切都好像一年前的模样。

白昼的光线透过玻璃

粉墙上的石灰被照得五彩缤纷……

新鲜的百合芳香馥郁

而你的话语是那么单纯。

1909 年或 1910 年春

蓝葡萄的甜蜜气息……

醉人的远方激起
蓝葡萄的甜蜜气息……
你的声音低沉而郁闷。
我谁也不需要，对谁也不怜惜。

野果间架起了蜘蛛网，
柔韧的蒿柳枝干依然纤细，
白云飘荡，像冰块，像冰块
漂浮在蓝色河流的明净水波里。

太阳高悬。阳光明丽。
快去向浪花低诉悲痛吧。
哦，她，也许，会回答你，
也有可能，她会亲吻你。

1910 年 1 月 16 日

基辅

他们走来说道：你的兄弟死了……[1]

——致尼·古米廖夫

我不应得到那崇高的荣誉
请把我的名字赠予那深渊，
它将成为我的墓地。

——波德莱尔[2]

1

他们走来说道："你的兄弟死了"……
我不明白，这有什么含义。
今天，在大修道院的十字架上
冰冷的夕阳如此长久地哭泣。

---

[1] 对照《阿赫玛托娃诗文全集》，发现这首献给古米廖夫的诗歌为两部分。此为第一部分，末尾省略处疑为遗失。
[2] 此处引用的是法国诗人波德莱尔的诗歌的最后三行，原文为法语。

在这样的沉寂中，有某种
新的不祥的事物悄然来临，
而先前那在我的心中歌唱的，
令人厌倦地大放悲声。

我可以让远途漫游的兄弟回来，
我要找到亲爱的兄弟，
在我的家里，我珍存着往事，
对它们还悄悄地施展了魔力。

…………

2

"兄弟！我等到了明媚的一天。
而你漂泊到了哪些国家？！"
"姐妹，请转过脸去，不要看，
我的胸口满是血淋淋的伤疤。"

"兄弟，这悲伤——就像锋利的短剑，
为什么你好像那么遥远？"
"对不起，哦，对不起，我的姐妹，

你的一生都会孤孤单单。"

1910 年 1 月 25 日

基辅

炎热的风吹来，令人窒息……

炎热的风吹来，令人窒息，
阳光烧灼着我的手臂，
我的头上是天空的穹窿，
仿佛大片蓝色的玻璃；

散乱的沙滩中，
蜡菊干燥地散发着香气。
云杉粗糙的树干上，
爬行着成队的蚂蚁。

池塘慵懒地闪烁着银光，
生活重新变得轻松……
躺在吊床花花绿绿的丝网上
今天谁会走入我的梦中？

1910 年 1 月

基辅

阿弗洛蒂忒 ①，我在为你编排舞蹈……

阿弗洛蒂忒，我在为你编排舞蹈，

在为你编排舞蹈。

洁白的面颊上泛起玫瑰的红晕……

请对我的命运微笑。

每逢深夜你都去弗莱妮 ② 的宫殿，

现在请走进我安静的房间。

浅紫色的雾气悄悄潜入峡谷。

月光照临你的山岗。

我滑行在虚弱的霞光中，忙碌不停。

女神啊！我把颂歌献给你。

––––––––––––––

① 阿芙洛蒂忒（Aphrodite）是希腊神话奥林匹斯主神之一，象征爱情与女性的美丽。由于她是在大海中诞生的，因此也把她奉为海神。

② 弗莱妮，传说是公元前 4 世纪的一位高级艺妓，长得国色天姿，才华出众。画家阿佩莱斯以她为模特儿创作了描绘阿芙洛蒂忒女神从海中诞生的作品。著名的雕塑家普拉克希太莱斯曾与弗莱妮两情相悦，激发了创作热情，以她为模特儿创作了阿芙洛蒂忒女神雕塑。

你的手臂，像翅膀，手臂，像翅膀，

额头上闪烁着金色的光环。

1910 年

蓝色的黄昏。晚风已温和地平息……

蓝色的黄昏。晚风已温和地平息，
明亮的灯光召唤我回家去。
我猜想："谁来了？——莫非是新郎，
是我的未婚夫等在家里？"

露台上闪现着熟悉的剪影，
隐隐约约听到轻微的说话声。
啊，那种迷人的倦意，
直到现在我还不太熟悉。

白杨树不安地沙沙作响，
温柔的梦境把它们造访。
天空的颜色变得漆黑，
群星也渐渐地暗淡无光。

我采回一束洁白的紫罗兰。

因为它里面深藏着秘密的火焰，
谁从我胆怯的手中取走花束，
他就会触到我手掌的温暖。

1910 年 9 月
皇村

你想知道，这一切是怎么回事……

你想知道，这一切是怎么回事？——

餐厅的时钟敲响了三点，

我们相互道别，手扶栏杆，

她好像艰难地说：

"就这样吧……哦，不，我忘了，

我爱您，还是在那时候

我就爱过您！"

"是啊。"

1911 年

我写下这些词语……

我写下这些词语，

久久地不敢说一句话。

我的头隐隐作痛，

身体也僵硬得可怕。

远方的牧笛声渐渐平息，

心中依旧是那么多谜语，

秋天细小的雪花

覆盖了槌球场地。

最后的叶片沙沙作响！

最后的思绪令人伤心！

我不想打扰

那些习惯了嬉戏玩耍的人。

我可爱的双唇

原谅了他们残酷的玩笑，

啊，明天你会来探望我们

沿着那条最早的雪橇小道。

蜡烛在客厅中点亮，

它们的光线在白天越发柔美，

人们会从温室

为我带来一大束玫瑰。

1910 年 10 月

皇村

致英·安·戈连柯 [①]

这个清晨迷醉于春日的阳光，
露台上可以嗅到玫瑰的芳香，
而天空比青花瓷还要明亮。
这个笔记本有着柔软的山羊皮封面；
我在阅读祖母当年写下的
那些哀歌与诗篇。

我看见通向大门的道路，短木桩
在绿宝石般的草地上清晰地反光。
哦，心儿甜蜜而盲目地爱着！
绚丽缤纷的花坛令人欢欣，
渐暗的天空中传来乌鸦生硬的叫声，
林荫路的深处是墓地的拱门。

1910 年 11 月 2 日
基辅

[①] 英娜·安德列耶夫娜·戈连柯（1886—1906），安娜·阿赫玛托娃的二姐。

公园里的假面舞会

月光照耀着屋檐，
在河水的波峰间流浪……
侯爵小姐冰凉的手臂
如此轻盈而芬芳

"哦，王子！"她微笑着，坐下，
"卡德里尔舞中你我将是舞伴 ①。"
因预感到炽热的爱情，
她面具下的脸色变得苍白、不安。

银色的白杨树和低垂的啤酒花
遮掩了公园的小门。
"不论是巴格达，还是君士坦丁堡，

①　此处原文为法语，vis-à-vis，舞伴。

我都会为您去占领，我的美人儿 ① ！"

"您为什么不爱说笑，
侯爵小姐，搂着您让人发怵！"
他们的交谈含混而冷淡。
"那好吧！让我们一起跳舞？"

他们走出来。榆树和槭树上
闪烁着色彩斑斓的灯光，
两位身穿绿装的女士
和修士们在玩打赌的游戏。

一袭白衣，手捧着一束杜鹃，
小丑皮耶罗走过来，冲他们微笑：
"我的王子！啊，难道是您拔掉了
侯爵小姐帽子上的羽毛？"

1910 年

———————

① 此处诗中为法文，ma belle，我的美人。

他喜欢过……

他喜欢过世上的三种事物：
黄昏时的歌唱，白色的孔雀
和磨损的美国地图。
他不喜欢，孩子的啼哭，
不喜欢喝茶时加马林果 ① 酱
以及女人的歇斯底里
……而我曾是他的妻子。

1910 年 11 月 9 日

基辅

---

① 马林果，学名树莓，又名覆盆子，英文名 raspberry。

小桌上摆着茶水，蛋奶饼干……①

小桌上摆着茶水，蛋奶饼干，

糖球放于白银的高脚盘。

她蜷起双腿，尽量坐得舒坦，

漠不关心地问道："来啦？"

一只手伸到面前。我的嘴唇触到

那枚冰冷光滑的戒指。

我们没有约定将来的会面。

我知道，这事已经彻底完蛋。

1910 年 11 月 9 日

基辅

---

① 这首诗是以男人的口吻写成。

古老的肖像

——致亚·亚·埃克斯捷尔 ①

窄细而古老的木框
以镀金的椭圆抱紧了你。
黑人手持蓝色羽扇站在身旁，
这个女子，身姿苗条，肤色白皙。

何等瘦削，这少女般柔情的双肩，
你的目光固执而傲慢；
高高的蜡烛闪烁着昏暗的光线，
仿佛是站在教堂的大门前。

齐特拉琴放在旁边的青铜小桌上，

---

① 亚历山德拉·亚力山大罗夫娜·埃克斯捷尔（1882—1949），俄国前卫
女画家（立体未来主义和至上主义）、影剧美工、工艺美术设计师。俄
罗斯先锋主义代表画家，装饰派艺术（流行于20世纪20至30年代，
呈几何图形，线条清晰，色彩鲜明）的奠基者之一。

玫瑰插于带棱的高脚杯中……

如此庄严宏伟的大厅里，

调色板在谁的手中颤动？

而这令人惊心的双唇

是为谁备好的致命毒药？

黑人站在你的身旁，相貌粗鲁，衣着漂亮，

眼神中闪烁狡黠的光芒。

1910 年秋

基辅

初次归来

令人痛心的裹尸布铺展在大地上，
钟声庄严而低沉地敲响，
皇村不堪忍受的寂寞
让心灵重新激动而惊慌。
五年飞逝。这里的万物沉寂，荒凉，
世界末日仿佛降临了大地。
就像永远解答完的题目，
皇宫在垂死的梦境中安息。

1910 年秋

皇村

我是致命的，对于温情脉脉的年轻人……

"我是致命的，对于温情脉脉的年轻人。

我是痛苦之鸟。我是伽玛尤恩 ①。

灰眼睛的人啊，我不会碰你，快些走吧。

我闭上眼睛，把翅膀收拢在前胸，

希望你别发现我，沿着你自己正确的道路前行。

而我会死去，但愿你能找到自己的幸福……"

在秋天黑色的枝头，伽玛尤恩这样歌唱，

行人却从自己光明的旅途改变了方向。

1910 年 12 月 7 日

皇村

————————

① 伽玛尤恩（Гамаюн），俄罗斯神话传说中可预言未来吉凶祸福的神鸟。

灰眼睛的国王

赞美你啊，这无休无止的悲伤！
昨天他去世了，灰眼睛的国王。

秋日的黄昏，空气沉闷，霞光火红，
我的丈夫回到家里，语气平静：

"知道吗？人们把他运出了狩猎区，
在一棵老橡树下找到了他的尸体。

可怜的是王后。那么年轻漂亮！
一个晚上就变得白发苍苍。"

丈夫在壁炉上找到自己的烟斗，
起身上夜班，走出了门口。

我要立刻把自己的小女儿唤醒，

我要看一看她那双灰色的眼睛。

窗外的白杨树沙沙作响：

"人世间已经没有了你的国王……"

1910 年 12 月 11 日

皇村

我久久地站在沉重的地狱门口……

我久久地站在沉重的地狱门口，
地狱里一片黑暗和死寂……
啊，甚至魔鬼都不需要我，
我究竟该去哪里？

1910 年 12 月 23 日
皇村

我的房间中生活着……

我的房间中生活着

一条行动迟缓而又美丽的黑蛇；

她像我一样懒散，

也像我一样冰凉，冷漠。

傍晚，我写着神奇的童话，

坐在通红的火焰旁的地毯上，

而她用绿宝石般的眼睛

注视着我。

深夜里，我发出呻吟般的抱怨，

露出死亡的、沉寂的模样……

确实，我想得到另外的东西，

最好不是毒蛇一般的目光。

只是到了清晨，我才重新变得温顺，

像纤细的蜡烛，一点点融化……
此时那条黑色的带子
才从我瘦削裸露的肩膀上滑下。

1910 年

深色的面纱下我抱紧臂膀……

深色的面纱下我抱紧臂膀……
"为什么今天你的脸色如此憔悴?"
——是因为,我用苦涩的忧伤
把他灌得酩酊大醉。

我怎能忘记? 他踉跄着走出去,
嘴角痛苦地扭曲……
我没有碰一下栏杆,就奔下楼,
一直跟着他跑到大门口。

我气喘吁吁,冲他大喊:"从前的一切,
都是游戏。你要走,我就去死。"
他平静而又可恶地微笑着,
对我说:"别站在风口里。"

1911 年 1 月 8 日
基辅

黄昏的房间

如今我说的那些话语，
只在灵魂中诞生一次。
小蜜蜂在白菊花上嗡嗡鸣叫，
古老的香袋散发出芬芳的味道。

这个房间，窗子实在有些狭小，
可它却呵护着爱情，牢记着壮士歌谣，
床头的上方镌刻着法文题词，
写的是："上帝，请宽恕我们。"①

我的灵魂啊，请不要触及，也不要找寻
古老的故事，悲伤的笔记……
我看见，一件件闪亮的雨衣

---

① 此处原诗为法语：Seigneur, ayez pitie de nous。

让塞弗勒① 发光的雕塑黯然失色。

这最后一道光线，金黄而沉重，
冻结了一大束鲜艳的天竺牡丹，
我仿佛在梦中听到了维奥拉琴
和一架老钢琴的绝妙和弦。

1911 年 1 月 21 日

基辅

---

① 塞弗勒，法国城市，以瓷器制造闻名于世。

爱丽丝

I

她总是怀念那被忘却的往事，

怀念着春天的梦境，

如同贝莱特怀念着打碎的

金色的牛奶罐①。

她收集起全部的碎片，

但不会把它们拼接在一起……

"假如你知道该多好，爱丽丝，

我是多么无聊，生活多么单调！

我在晚餐时打着哈欠，

---

① 此处涉及《拉封丹寓言》中的《牛奶罐》一文。《少女和牛奶罐》是著
名雕塑家索科洛夫的作品，坐落在圣彼得堡皇村叶卡捷琳娜公园内。阿
赫玛托娃在《皇村》组诗中提到过。

时常忘记吃喝，

真的，有时候我甚至忘记了

把眉毛修饰，描抹。

哦，爱丽丝！请给我想个办法，

好让他回到我的身边；

如果你想要，就取走我的全部财产，

想要房子和衣裙，悉听尊便。

我梦见他戴着王冠，

我害怕我一个人的那些夜晚！"

爱丽丝的项链中藏着

一绺深色的头发——你可知道，那是谁的？！

II

"天色太晚了！我累了，哈欠连天⋯⋯"

"我的迷娘 ①，安静地睡吧，

为了我身姿苗条的夫人，

----

① 此处指歌德小说《威廉·麦斯特的学习时代》中的女主角迷娘。歌德曾
  写有《迷娘曲》三首。

我要卷起红褐色的假发。

他将全身缀满绿色的丝带，
腰间装饰着珍珠的纽绊儿；
她读到这样的纸条：'神秘的伯爵，
我会在槭树下等你！'

丝网花纹的面罩下，
她狡黠地压低笑声，
今天她甚至下命令，
让我用袜带勒死她。"

晨曦从窗子照进来，
在她黑色的裙子上轻轻滑动……
"神秘的伯爵啊，他在槭树下
正向我敞开怀抱。"

1911 年 1 月 23 日

基辅

阳光的记忆在心中减弱……

阳光的记忆在心中减弱。
小草枯黄。
寒风隐约吹拂，送来
初雪的冰凉。

狭窄的运河已不再流淌——
河水封冻。
这里再也不会发生什么，——
哦，永远不会发生！

柳树在空旷的天空碎成
透风的扇片。
或许，我成不了您的妻子，
这种结局才更圆满。

阳光的记忆在心中减弱。

这是什么？是黑暗？
也许吧！冬天用一个晚上
便会降临人间。

1911 年 1 月 30 日

基辅

白夜里

哦，我没有锁上房门，
也没有点燃烛光，
你不知道，我是多么疲惫，
却不想躺到床上。

我注视着，昏暗的暮色里
熄灭了透过松针的一缕缕光亮，
我为那说话声而陶醉，
它和你的声音多么像。

我知道，一切都已经失去，
而生活——就是万恶的地狱！
哎，可我曾经相信，
你还会回到这里。

1911 年 2 月 6 日
皇村

你好像用麦秆儿，吮吸着我的灵魂……

你好像用麦秆儿，吮吸着我的灵魂。
我知道，它的味道苦涩，让人沉迷。
但我不会用哀求打断你的折磨。
哦，我的平静会持续好几个星期。

你何时结束，请告诉我。不必忧伤，
人间已没有了我的灵魂。
我要到那不太遥远的地方
去看一看，嬉戏的孩子们。

刺李子正在灌木丛中绽放，
墓地旁人们在忙着搬运红砖。
你是谁，是我的兄弟还是恋人，
我不记得，也不需要记在心间。

这里多么孤独，却又多么明亮，

疲惫的身体在这里休假……

而路过的人们会胡乱猜想：

说不定，这个女人昨天刚刚守寡。

1911 年 2 月 10 日

皇村

我再也不需要我的双腿……

我再也不需要我的双腿，
但愿它们化作鱼的尾巴！
我向前游动，阵阵清凉让我快慰，
远方的小桥朦胧地泛出白色。

我再也不需要驯服的灵魂，
就让它化作轻烟，一缕轻烟，
飞掠过黑沉沉的河岸，
它会变成一抹浅蓝。

看吧，我潜水潜得多么深，
伸手就可以抓住一把水草，
我不再重复任何人的话语
也不再重复任何人的烦恼……

而你，我远方的爱人，莫非

变得脸色苍白，忧郁而沉默？

我听到了什么？整整三个星期

你一直在低声问："可怜的女人，为什么?！"

1911 年 2 月 12 日

皇村

我曾三次接受拷问……

我曾三次接受拷问。

我痛苦地惊叫着醒来

看到了一双细瘦的手

和一张阴沉讥笑的嘴巴。

"早晨你和谁接吻，

向谁发誓，在分别后会死？

你隐瞒了炽热的喜悦，

在漆黑的门口痛哭流涕，

那个你拼命相送的人，

哦，很快很快，也会死去。"

这声音如同老鹰的尖叫，

与某人的声音奇怪地相似。

我蜷曲了整个身子，

感受到死亡的战栗，

牢固的蜘蛛网

抖落下来，把我的床榻盖严……

哦，你的嘲笑不是没有根据，

我这不由自主说出的谎言！

1911 年 2 月 16 日

皇村

门扉半开半闭……

门扉半开半闭，
椴树释放甜蜜的芬芳……
一条马鞭和一只手套
遗忘在了桌子上。

灯光四周一片金黄……
我聆听着沙沙的声响。
你为什么离去？
我至今都不明白……

明天的早晨
迎来的将是快乐和晴朗。
这种生活多么美好，
心啊，愿你变得明智。

你已经十分疲惫，

跳动得越发轻微，低沉……
你知道，我读懂了，
那些不死的灵魂。

1911 年 2 月 17 日

皇村

仿英·费·安年斯基 ①

我和你，和我最初的怪脾气，

告别了。湖水变得幽暗无比。

你只是说了句："我不会忘记。"

那时，我竟然奇怪地对此深信不疑。

一张张面孔闪现，又逝去，

今天可爱，明天还远。

为什么在这页书上

我不知何时把一角折起？

这本书总是在同一个地方

---

① 此诗以男性的口吻写成。英那肯季·费多洛维奇·安年斯基（1856—1909），俄罗斯白银时代诗人、文学评论家、剧作家、翻译家、教育家。著有诗集《低吟浅唱》和《柏木首饰匣》。1909 年逝世于彼得堡。安年斯基的创作风格介于象征主义和阿克梅主义之间，这也确立了他在 20 世纪诗歌史上承前启后的地位。他的诗歌对古米廖夫、阿赫玛托娃、曼德里施塔姆、帕斯捷尔纳克等诗人都产生了影响。

打开。我不知道，这究竟是为什么！
我只爱那瞬间的快乐
和蓝菊的花朵。

哦，有人说过，心似顽石造，
也许我更清楚：它来自于烈火……
我永远不明白，你待我如此亲密
或者只是爱我一个。

1911 年 2 月 20 日

沿着林荫路牵过一群小马……

沿着林荫路牵过一群小马，
披散的马鬃像长长的浪花。
啊，使人心醉的城市充满谜语，
我如此忧伤，因为爱上了你。

奇怪地回想起：灵魂充满愁绪，
病危时胡言乱语，让我呼吸急促，
如今我变成了玩具，
就像我的朋友——玫瑰色的鹦鹉。

胸口不再被痛苦的预感憋闷，
也许，可以看一下我的眼睛。
我只是不爱日落时分，
不爱海上吹来的风，不爱听那句"走开"。

1911 年 2 月 22 日
皇村

我来到这里，无所事事……

我来到这里，无所事事，
对我来说哪都一样，无聊烦闷！
山岗之上磨坊昏昏欲睡。
岁月在此可以缄默不语。

枯萎的无根草上
一只蜜蜂轻柔地飞翔；
我在池塘边呼唤着美人鱼，
美人鱼已经死亡。

生满了铁锈色的水藻
宽阔的池塘，水面变浅，
激动不安的山杨上空
月亮轻盈，明光闪闪。

我发现一切都是新的。

杨树散发着温润的清香。
我不说话。默默无言，准备
重新化作你，土壤。

1911 年 2 月 23 日
皇村

老橡树沙沙作响，诉说着往事……①

老橡树沙沙作响，诉说着往事。
月光慵懒地慢慢扩散。
你那美妙的双唇
我从来没有幻想过去亲近。

浅紫的面纱遮掩苍白的额头。
你和我在一起。默然无语，忍受着病痛。
我想起你双手的纤柔，
手指冰凉，微微颤抖。

我这样默默地度过了许多沉重岁月。
相见时的拷问在所难免。
我早就知道你的回答：
我爱你，从来没有爱过别人。

1911 年 2 月

———————————

① 此诗以男人的口吻写成。

未完成肖像上的题词

哦，请不要为我叹息，
这忧郁难以忍受，无根无据，
我就在这里，在灰色的画布上，
可怕而模糊地浮现。

飞起的双臂像是疼痛骨折，
眼神中透出狂怒的笑意，
在尽情享受苦难的时刻，
我不可能变成另外的模样。

他希望我这样，他命令我这样，
用致命而狠毒的语言。
我的嘴唇因慌乱变得绯红，
而面颊却雪一样苍白。

他的过失算不上罪孽深重，

他走了，去凝视别人的眼睛，
但在我死前的昏睡里
什么都不会进入我的梦境。

1911 年 2 月

我活着，像闹钟里的布谷……

我活着，像闹钟里的布谷，
我不羡慕森林中的小鸟。
人们上紧发条——我就咕咕鸣叫。
你知道，这样的命运，
我希望只有我的仇敌
才配拥有。

1911 年 3 月 7 日

呈村

短歌

当太阳刚刚升起，
我就歌唱着爱情，
跪在小菜园里，
浇灌着滨藜。

我把它拔除，扔到一旁——
希望它把我宽恕。
我看见，一个赤脚的小姑娘
在篱笆边痛哭。

我害怕听到这不幸的声音，
这响亮的啼哭，
死亡的滨藜
散发出更加浓烈的温热香气。

面包将会被石头代替，

作为对我恶意的馈赠。

我的头上只有天空，

而与我相伴的是你的呼唤声。

1911 年 3 月 11 日

皇村

我快疯了，哦，奇怪的男孩……

我快疯了，哦，奇怪的男孩，
在星期三，三点钟！
一只嗡嗡叫的大黄蜂
把我的无名指蜇疼。

我无意间按住了它，
我以为，它已经死了，
可它剧毒的蜂针
比纺锤还要尖利。

奇怪的男孩，是我在为你哭泣，
还是你的面庞在对我微笑？
看吧！我的无名指上
这枚光滑的指环多么漂亮。

1911 年 3 月 18—19 日
皇村

你重新和我在一起。啊，玩具男孩……

你重新和我在一起。啊，玩具男孩^①！

你重新和我在一起。啊，玩具男孩①！
我是否又会变得温柔，对你像姐姐一样？
布谷鸟隐藏在古老的钟表里。
它很快会探头张望，叫声："时间到。"

我敏感地聆听着疯狂的故事。
只是你还没有学会沉默不语。
我知道，像你这样灰眼睛的孩子，
会快乐地生活，轻松地死去。

1911 年 3 月

皇村

---

① 在俄语中，说人或物像玩具一样，有夸赞其精致、漂亮的意思。

流水之上

匀称健美的放牧少年啊，

你看，我在说着呓语。

我记得那件雨衣和手杖，

我正遭遇不幸。

如果我站起来——还会倒下去。

那支短笛轻唱：嘟—嘟！

我们分手了，好像在梦中，

我说过："我等你。"

他笑着，回答我：

"我们会在地狱重逢。"

如果我站起来——还会倒下去。

那支短笛轻唱：嘟—嘟！

哦，磨坊的池塘里

是深蓝的流水，

不是因为痛苦，不是因为羞耻，
我向你走去。
我摔倒在地，没有叫喊，
而远方传来笛声：嘟—嘟。

1911 年 4 月

森林里

四颗钻石——四只眼睛，
两只属于猫头鹰，两只是我的。
啊，故事的结局多么可怕，多么沉痛——
说的是，我的未婚夫死了。

我躺在茂密潮湿的杂草丛中，
说话声响亮而杂乱，
猫头鹰从高处傲慢地俯视，
我说的话，它都能清楚地听见。

云杉林浓密地环绕着我们，
它们的上面是天空，黑色的正方形，
你知道，你知道，他被人杀害了。
杀死他的是我的长兄……

不是因为血腥的决斗，

不是因为相互厮杀，也不是在战斗中，

而是在林间荒凉的小路上，

当我的恋人走来，正要和我相逢。

1911 年 4 月

渔夫

手臂裸露，袖子挽过胳膊肘儿，

而一双眼睛，比冰雪还要蔚蓝。

浑身散发焦油般刺鼻的气味，令人窒息，

黝黑的肤色，对你再合适不过。

深蓝色短上装的衣领，

永远，永远都是敞开的，

在你面前，渔女们只会惊叹一声，

脸庞羞得绯红。

就连那个往返于城里

卖刀鱼的小女孩，

也仿佛心绪烦乱的女人，

每当黄昏就在海岬上徘徊。

她的面颊苍白，双手无力，

疲惫的目光多么深奥，
那些在沙滩上爬来爬去的螃蟹，
弄痒了她的双脚。

但是她已经不再伸出手臂，
去捕捉它们。
在她被痛苦击伤的体内，
脉搏跳动得越来越强劲。

1911 年 4 月 23 日

致薇拉·伊万诺娃-施瓦尔萨伦 [1]

淡淡的雾霭弥漫了公园，
大门口的煤气灯突然间闪亮。
在那些陌生而平静的眼睛里
我只依稀记得一双目光。

你的忧伤，对于众人秘而不宣，
我却立刻成为了你的伙伴，
你也清楚，令人厌恶和窒息的悲痛
已把我的内心塞满。

我爱这个日子，并为此欢庆，
你一声召唤，我便会立刻出现。
对于我，这个罪孽深重、游手好闲的人，
只有你一人从来没有过责难。

1911 年 4 月

---

① 薇拉·伊万诺娃-施瓦尔萨伦（1890—1920），阿赫玛托娃的朋友。

致亚·亚·斯米尔诺夫 [1]

当我们死去，生活不会变得黑暗，

而可能，会变得更加光明灿烂。

1911 年 5 月　巴黎

----

[1] 亚历山大·斯米尔诺夫（1883—1962），俄罗斯文学家、批评家、翻译家、戏剧学家、列宁格勒大学教授。

我哭泣过，也忏悔过……

我哭泣过，也忏悔过，

哪怕有雷霆在天空轰鸣！

忧郁的心疲惫不堪，

蜷缩在你荒凉的家中。

我熟知疼痛难以容忍，

熟知走回头路的耻辱……

我害怕，害怕去见不再爱的人，

害怕走进沉寂的房屋，

我衣着漂亮，向他鞠躬，

项链清脆作响；

他只是问道："亲爱的！

你去哪里为我做了祈祷？"

1911 年春

高远的天空中云朵变得灰暗……

高远的天空中云朵变得灰暗，
如同松鼠皮慢慢铺展。
他对我说："柔弱的雪姑娘，您的身体
会融化在三月，这没什么可惜！"

松软的暖袖里我的双手冻冷。
我有些害怕，不知为何心神不宁。
哦，如何召回你们，飞快的一星期，
和他轻盈而短暂的爱情！

我不想痛苦，也不想报复，
就让我随最后一场白色暴风雪死去。
一月的时候我还是他的女友。
洗礼节前夕我就预测到了这种结局。

1911 年春
皇村

心不会和心锁在一起……

心不会和心锁在一起，
如果你想——尽可离去。
太多的幸福早已
为路上自由来去的人准备就绪。

我不会哭泣，也不会抱怨，
我注定不能成为幸福的女人，
请不要吻我，我已疲惫不堪，——
亲吻我的只应是死神。

这些锐利的折磨人的日子
与苍白的冬季一起熬过。
可为什么，为什么
你比我的意中人还要出色？

1911 年

我和你开心大醉，意兴酣然……

我和你开心大醉，意兴酣然——
而你说的那些话毫无意义。
榆树上，早来的秋天
挂满了黄旗。

我们二人误入了
欺骗的国度，痛苦而懊恼，
可是，为什么我们还要
奇怪僵硬地强颜欢笑？

我们想用可怜的痛苦
来替代平静的幸福……
而对头脑不清、身体虚弱的朋友，
我不会弃之不顾。

1911 年 5 月—6 月

巴黎

角落中的老头儿，像只山羊……

角落中的老头儿，像只山羊，
认真地读着《费加罗报》①。
我的手里是一支墨水枯竭的笔，
现在回家好像为时尚早。

我命令你，让你走开。
你的眼睛立刻对我说出了全部秘密……
锯木屑密实地铺满了地板，
半圆型的大厅里弥漫着酒精气息。

这就是青春——幸福的季节
…………

让我昨天自缢而亡该多好，

---

① 《费加罗报》(*Le Figaro*) 是法国的综合性日报，也是法国国内发行量最
大的报纸。创立于 1825 年，其报名源自法国剧作家博马舍的名剧《费
加罗的婚礼》。

或者今天撞火车死去。

1911 年 5 月—6 月？

巴黎

1950 年代末

……那里有我的大理石替身

……那里有我的大理石替身，

翻倒在苍老的槭树下，

它把面影投给湖水，

聆听着绿色的喧哗。

明亮的雨水洗净

它身上凝结的创伤……

冰冷苍白的人啊，请你等一等，

我很快也会变成大理石雕像。

1911 年上半年

那里有芦苇摇曳……

…………①

那里有芦苇摇曳

在美人鱼轻柔的臂膀下。

晚上我和她嘲笑

那些死去的，存在过的事物，

对这种奇怪的游戏

我是如此地着迷……

约作于 1911 年 7 月 13 日至 8 月中旬间

斯列普涅沃

---

① 此诗前半部分散佚。

一整天她都待在小窗前……

一整天她都待在小窗前，
心情苦闷："快来场大雷雨多好。"
我发现，只有被恶狗追咬的野猫，
才会有这样的眼神。

是的，那个你等待的人，不会回来，
就连最后的期限都已过去。
窒闷的热浪，像锡水，从天空
流淌到干涸的大地。

凝望着灰色阴沉的雾霾，
你只能用痛苦折磨自己的心。
我甚至觉得——你会突然喵喵叫起来，
在肮脏的地板上弓起腰身。

1911 年夏
斯列普涅沃

葬礼

我为坟墓寻找着地点。
你是否知道，哪里更加明亮？
原野上如此寒冷。大海边
乱石堆积，实在凄凉。

可是她已习惯了安宁，
并且热爱着太阳的光芒。
我要在它的上面筑间小屋，
就像我们住了多年的家一样。

窗户之间会有一道小门，
我们在屋里把长明灯点燃。
它就像一颗忧郁的心
闪烁着鲜红的火焰。

你知道，她生病了，梦话连篇，

说着另一个世界，说着天堂，

而修士却指责："天国不是为你们

这些罪孽深重的人准备的地方。"

那时，她因病痛脸色变得苍白，

喃喃低语："我要跟随你去。"

你看，如今我们相伴，自由自在，

脚下是蔚蓝色的浪涛在拍击。

1911 年 9 月 22 日

皇村

昏暗的草棚下闷热可怕……

昏暗的草棚下闷热可怕，
我强颜欢笑，内心却在愤恨地哭泣。
老朋友低声劝我："别说丧气话！
否则我们旅途中不会顺利！"

而我对这位老友并不相信。
他荒谬可笑，双目失明，生活贫苦，
自己全部的一生
都在用脚步丈量漫长枯燥的道路。

我的声音时断时续，清脆响起，
嗓音洪亮，不知幸福为何物：
"啊，旅人的行囊空虚，
明天将会阴雨连绵，饥肠辘辘！"

1911 年 9 月 24 日
皇村

黝黑的少年沿林荫道徘徊……

黝黑的少年 ① 沿林荫道徘徊，

他在湖畔踱步，满怀悲伤，

一百年来我们依然珍爱

他的脚步声，隐约作响。

这些松针尖利而浓密，

把低矮的树桩全都盖满……

他的三角帽曾放在这里，

旁边还有一卷破旧的帕尔尼 ② 诗选。

1911 年 9 月 24 日

皇村

---

① 黝黑的少年指普希金。1811 年，少年普希金曾进入皇村中学学习。阿赫
玛托娃的一些诗集中，常常把这首诗与其他的两首《沿着林荫路牵过一群
小马……》《……那里有我的大理石替身》一起并入《在皇村》的组诗中。
② 帕尔尼（1753—1814），法国诗人。1778 年出版《爱情诗集》，对俄罗斯
诗人克雷洛夫、普希金都产生过影响，普希金翻译了他的许多诗作，并
有仿写，在自己的长诗《叶甫盖尼·奥涅金》中也提到过他。

最后一次相见之歌

胸房如此无助地冰凉，
可我的脚步却变得轻畅。
我把左手的手套
戴在了右手上。

感觉像是有无数道台阶，
可我清楚——它们只不过三级！
槭树间传来秋天乞求般的
低语："请和我一同死去！

我被自己沮丧的、
变幻无常的邪恶命运蒙蔽。"
我回答："亲爱的，亲爱的！
我也同样。我要和你一起死去……"

这是最后一次相见之歌。

我朝黑暗的房子看了一眼。

那里只有卧室的蜡烛

还在闪烁着冷漠昏黄的火焰。

1911 年 9 月 29 日

皇村

致缪斯

缪斯姐姐看了看我的脸，
她的目光明亮而清纯。
她摘下我的黄金指环，
这是春天的第一件礼品。

缪斯啊！你看，世人都多么幸福——
无论是少女，女人，还是寡妇……
哪怕死在车轮之下，
我也不想遭受这种桎梏。

我知道：为了占卜，我应采摘
一朵稚嫩的雏菊。
但在尘世间每个人都要承受
爱情的极大痛苦。

窗台上的蜡烛直点到天亮，

我没有思念任何人，

可是我不想，不想，不想知道，

他们怎么去亲吻别的女人。

明天，镜子会嘲笑我：

"你的目光既不明亮，也不清纯……"

我会轻声回答："是缪斯

夺走了上帝给我的赠品。"

1911 年 10 月 10 日

皇村

爱情

时而像条小蛇，蜷缩成一团，
在内心施展着巫术，
时而化作一只鸽子，整天
在洁白的窗台上低声咕咕。

时而在刺眼的霜雪上闪耀，
时而在紫罗兰的睡梦中惊醒……
但是它会忠实而秘密地引导，
让人远离快乐与安宁。

在小提琴忧郁的祈祷声中
它学会了甜蜜地痛哭，
然而，在陌生的微笑里，
却又害怕把它猜出。

1911 年 11 月 24 日
皇村

一个男孩，吹弄着风笛……

一个男孩，吹弄着风笛，
一个女孩，编织着花环，
森林中有两条交叉的小径，
遥远的田野上有颗遥远的星星，——

我看着这一切。我记住这一切，
并把它们珍藏在心底。
只有一件事情我永远都不明白
甚至再也不能想起。

我不祈求智慧，也不祈求力量。
哦，只求让我在火堆旁取暖！
我好冷……那有翅膀的或没翅膀的
快乐之神，从来不把我探望。

1911 年 11 月 30 日　皇村

新月初升时……

新月初升时，我亲爱的朋友
抛弃了我。竟是如此的结局！
他开玩笑说："走钢丝的舞蹈家！
看你如何活到五月去？"

我回答他，像回答自己的兄弟，
我，不抱怨，也不嫉妒，
可是我的损失用四件崭新的外衣
也无法弥补。

任凭我的前途凶险，可怕，
任凭痛苦的道路更加恐怖……
看我的中国小伞多么美丽，
擦着白粉的小鞋多么老于世故！

乐队演奏着快活的乐曲，

我的嘴角也流露出笑意。

可是我的内心知道，内心知道，

第五包厢一片空寂！

1911 年 11 月

皇村

爱情用普通的、不太熟练的歌声……

爱情用普通的、不太熟练的歌声
欺骗地将我们征服。
就在不久以前，
你还不是头发斑白，神情忧郁。

可是当她微笑着
站在你的花园、房子中和田野里，
让你觉得在任何地方
都无拘无束，自由惬意。

当你被她征服，饮下她的毒酒，
你是多么幸福。
你看那些星星要比平日硕大明亮，
那些野草，那些秋天的野草
散发出非比寻常的芬芳。

1911 年秋

皇村

人们仿佛用沉重巨大的锤子……

人们仿佛用沉重巨大的锤子，

敲击着我柔弱的胸膛。

哪怕是用明亮的黄金赎买，——

我只想长舒一口气，只一次！

我多想从靠枕上抬起身，

再去看一眼宽阔的池塘，

再去看一眼，云朵飘荡在

灰蓝色云杉林的上空。

我将接受这一切：痛苦与绝望，

甚至于怜悯的刀锋。

只是请别把自己忏悔的

沾满灰尘的披风，盖到我的脸上。

1911 年秋

丈夫用花纹皮带抽打了我……

丈夫用花纹皮带抽打了我，
那是他把皮带两头对折而成。
为了你，我坐在关紧的小窗里
整个晚上独守孤灯。

天光渐亮。铁匠铺的上空
升起缕缕青烟。
哎，和我这个悲惨的囚徒，
你又不能多待上几天。

为了你，我接受了沉闷的命运，
接受了痛苦的命运。
莫非你爱的是浅色头发的女人，
或者是棕红头发的女人？

教我如何掩盖起你们，响亮的呻吟！

心里是莫名而窒闷的醉意，

纤柔的月光

笼罩我的床被，上面没有一丝皱纹。

1911 年秋

断章

……不知是谁，掩藏于树木的暗影里，
弄得落叶沙沙作响，
他叫喊："情人对你都干了些什么，
都干了些什么，你的情人！

你的眼睑沉重，
好像打翻了黑色黏稠的墨汁。
他把你出卖给了
爱情投毒者的痛苦与郁闷。

你早就不再计算那些刺痛的话语——
锋利的针尖下胸怀已然死寂。
你没必要尽力让自己快乐——
对你来说，活着躺进棺材更加容易！……"

我对侮辱我的人说："他狡黠，他黝黑，

没错，但他没有你的无耻厚颜。
他平和，他温情，他对我忠诚可靠，
他会爱我直到永远！"

1911 年

花园

它熠熠闪光，窸窣作响，
这座冰封的花园。
那离我而去的人，心怀忧伤，
但没有道路可以回返。

太阳苍白暗淡的面孔——
就像一扇圆窗；
我隐约地明白，某人的替代者
早就依偎在他的身旁。

在这里，我的安宁
被不幸的预感永远夺去，
透过单薄的冰层
仍显露出昨日的足迹。

一张暗淡枯死的面容

俯向帷幔沉寂的梦境，
几只掉队的白鹤停止了
尖厉的啼鸣。

1911 年

皇村

忏悔

宽恕了我罪孽的人一声不响。
浅紫的昏暗熄灭蜡烛，
深色的法衣长巾
遮蔽了他的头和肩膀。

或许就是那个声音："姑娘！请起……"
我的心撞击着，如此急剧。
透过衣物，他的双手轻轻相触
漫不经心地做着洗礼。

1911 年
皇村

小猫咪咪，不要走来走去……

小猫咪咪，不要走来走去，

枕头上绣着猫头鹰，小心吃掉你，

灰色小猫咪，不要打呼噜，

老爷爷听见不舒服。

保姆，保姆，蜡烛不亮，

小老鼠们又抓又咬咯吱响。

我怕那只猫头鹰，

为什么偏把它绣在枕头上？①

1911 年或 1914 年

———————

① 这首小诗似借孩子之口唱出的儿歌，读来感觉调皮可爱。我采用了意
　译，为了语句的通顺，便于朗诵，补充了一些自己的东西，但愿没有破
　坏作者原意。我多用直译，不喜欢在原有诗句中添加自己的东西，这首
　例外一次。

失眠

不知哪里传来几只猫的哀鸣，
我捕捉着来自远方的脚步声……
你的话真是不错的催眠曲：
因为它们，我已两个多月无法入梦。

失眠，你又一次，又一次与我相伴！
我熟悉你那毫无表情的面容。
说什么美女，说什么不道德的女人，
难道我给你唱得确实难听？

窗子上挂着白色的布帘，
流淌下一缕缕浅蓝色的光线……
我们是否为远方的消息感到欣慰？
为什么我和你能如此轻松相伴？

1912 年初
皇村

眼睛哀求着人们口下留情……

眼睛哀求着人们口下留情。
当他们在我的面前
说出那个亲切的，响亮的姓名，
我该拿他们怎么办？

我漫步在原野间的小路上，
灰色的原木在路边堆积。
轻柔的微风自由地吹拂，
像春天般清新，时断时续。

痛苦的心灵倾听着
远方的秘密消息。
我知道：他还活着，他还在呼吸，
他会变得不再忧郁。

1912 年初
皇村

请你相信，不是毒蛇尖利的信子……

请你相信，不是毒蛇尖利的信子，
而是痛苦，饮尽了我的血液。
白茫茫的原野上我长成了安静的姑娘，
我用小鸟般的啼叫呼唤爱情。

别的道路早已对我关闭，
我的王子端坐于高椅。
我是否欺骗过他，是否欺骗过？我不知道！
我只能靠谎言在尘世安居。

忘不了，他来与我道别。
我没有哭泣：这是命。
我占卜，希望深夜与王子梦中相见，
而我的占卜也无能为力。

是否因为我被关在重门之外，

他的梦境才安详而平静？

还是因为早有明眸善睐、温情的美人鸟 ①，

在为王子演唱歌曲？

1912 年 2 月 27 日

---

① Сирин，直译为西灵鸟，意译为美人鸟，俄罗斯神话传说中的神鸟，它
与先前介绍的伽玛尤恩鸟不同，它是掌握着阴暗力量的鸟，也是美人
头，鸟身。它的叫声人们通常无法拒绝，而听到它的声音后，会让人忘
记尘世的一切，并很快带来厄运，甚至死亡。俄罗斯神话中还有一种神
鸟，模样与它们都相近，叫 Алконост，直译为阿尔科诺斯特，意译作
人面鸟，恰恰与西灵鸟相反，它的叫声可以为人带来好运。

今天没有给我送来书信……

今天没有给我送来书信：
他忘记了写，或是已然离去；
春天如同白银欢笑的颤音，
一艘艘海船摇晃在港湾里。
今天没有给我送来书信……

不久前他还和我在一起，
他对我如此多情、温柔、亲昵，
但那是在洁白的冬天，
而现在是春季，春季的忧郁令人生厌，
不久前他还和我在一起……

我在聆听：轻轻颤动的琴弓，
弹奏着，弹奏着，像临死前的哀痛，
我害怕，我的心会炸裂，
不能写完这些温柔的诗行……

1912 年 2 月 27 日

致费·库·索洛古勃 [①]

你的木笛在寂静的世界上吹响，
死神的声音也秘密相随，
而意志柔弱的我，因你甜蜜的残忍
慵倦不堪，又怡然心醉。

1912 年 3 月 16 日

皇村

---

① 费·库·索洛古勃（1863—1927），俄罗斯白银时代的诗人、作家、剧
作家、翻译家。

我的声音微弱，但意志并不薄弱……

我的声音微弱，但意志并不薄弱，

没有了爱情我反倒觉得轻松。

蓝天高远，山风吹过，

我的那些意愿纯洁而神圣。

失眠——这位助理护士离开我去找别人，

坐在灰白的炉灰边，我并不困倦，

钟楼上倾斜的指针

我也并不觉得像是致命的毒箭。

一幕幕往事在我的心中疯狂翻动！

获得自由的日子近了。一切我都会宽恕，

我看见，沿着春天湿润的常春藤，

一缕缕光线在上下奔突。

1912 年 4 月

奥斯佩达莱托 ①

---

① 奥斯佩达莱托（意大利语：Ospedaletto）是意大利特伦托自治省的一个
市镇。

这里的一切，一切宛若从前……

这里的一切，一切宛若从前，
这里好像连幻想都是枉然，
在家中，那条无法通行的大道边，
该早早地把栅栏门关严。

我安静的房子空旷而阴暗，
它用一只窗子眺望着森林，
在那里，不知谁被从绞索中卸下，
死者后来还不停地被人们责骂。

他曾经那么忧郁，或者暗暗快乐，
只有死亡——才是他最大的欢喜。
在沙发椅被磨破的红色长毛绒上
偶尔还会闪现一下他的身影。

就连布谷时钟也在深夜异常兴奋，

大家都听见了他们清晰的交谈声。
我从墙壁的缝隙中窥视：盗马贼们
在山岗下燃起熊熊的篝火。

还有那预言而至的阴雨，
低低地，低低地笼罩着小屋。
我不害怕。为了幸运我系上
一条深蓝色的丝绸细带。

1912 年 5 月
佛罗伦萨

人们祈祷过，为贫穷的，为忧伤的……

人们祈祷过，为贫穷的，为忧伤的，
为我鲜活的心灵，
你，永远自信地走在自己的路上，
看见窝棚里透出的光明。

我为你忧伤，对你心存感激，
以后我会告诉你，
狂热的夜晚如何把我折磨，
清晨如何呼吸寒冰一样的气息。

这一生中我看到的事物不多，
我只会歌唱和等待。
我知道，我从来没有憎恨过兄弟，
也从来没有把姐妹出卖。

可为什么上帝要惩罚我，

每一天，每一分钟？
或许这是天使为我指出了
我们看不见的光明？

1912 年 5 月

佛罗伦萨

我学会了简单、明智地生活……

我学会了简单、明智地生活，
望着天空，向上帝祈祷，
学会了夜幕降临前久久徘徊，
让多余的不安感到疲劳。

当牛蒡在峡谷中沙沙作响，
红黄相间的花楸果串低垂，
我写下快乐的诗句——
关于易朽的生活，它易朽而华美。

我回来了。茸茸的小猫咪，
温柔地打着呼噜，舔着我的手掌，
在湖畔锯木厂的塔楼上，
闪耀着明亮的灯光。

只是偶尔宁静会被打断，

一只白鹳鸣叫着，飞上屋顶。

如果此时你来敲响我的房门，

我觉得，我甚至都不会听见。

1912 年 5 月

佛罗伦萨（？）

我变得很少梦见他了，谢天谢地……

我变得很少梦见他了，谢天谢地，

他也不再随处隐约可见。

白色的道路上笼罩了雾气，

重重阴影疾行于水面。

在翻耕过的辽阔大地上

那些声响整个白天都未曾沉寂，

此处远离圣约纳 ^①，

而大修道院的钟声响得更为宏亮。

我在修剪一丛丛丁香

那些枝杈，如今繁花已然凋落；

沿着古老堡垒的围墙

---

① 圣约纳，此处可能指乌克兰基辅市的约纳圣三一修道院。基辅圣约纳
（1802—1902），东正教著名传教士。后以他的名字命名了基辅的圣三一
修道院。

有两位修士缓缓地走过。

亲爱的世界，对于盲目的我，
你是合理的，物质的，请赐我以活力。
而上帝用厌弃的冷酷的宁静
把我的灵魂慢慢治愈。

1912 年 5 月 17 日之后

基辅

威尼斯

金色的鸽巢筑在水边，
水流温情脉脉，碧波粼粼；
咸涩的微风渐渐抚平
黑色小船划出的细细水痕。

人群中有那么多温柔和古怪的面孔。
每家店铺都出售鲜艳的玩具：
绣花枕头上是读书的狮子，
大理石柱上也是读书的狮子。

恰似在一幅古老褪色的油画上，
幽蓝的天空渐渐冷却……
但在这样的狭窄中不觉得拥挤，
在这样的潮湿和酷热中不觉得窒息。

1912 年 8 月
斯列普涅沃

怎么会在我乌黑的辫子里……

怎么会在我乌黑的辫子里
扎进一绺银灰色的头发，——
嗓音不佳的夜莺，只有你，
才会理解这种痛苦。

你飞上爆竹柳纤细的枝头，
灵敏的耳朵倾听着远方的消息，
如果有陌生的歌曲响起，
你就羽毛直立，凝视着——屏住呼吸。

可就在不久以前，不久以前，
四周的白杨树默然伫立，
你还令人厌恶地高歌，啼唤，
你那不可言传的欢愉。

1912 年 10 月 22 日

我来替换你，姐姐……

"我来替换你，姐姐，
在森林之畔，高高的篝火边。

你的头发灰白。目光
黯淡，泪水迷蒙了双眼。

你已听不懂小鸟的歌唱，
已看不出哪是闪电，哪是星光。

你早已听不到铃鼓的敲打声，
可我知道，你害怕寂静。

我来替换你，姐姐，
在森林之畔，高高的篝火边。"

"你是来埋葬我的。
你的铁锹在哪里，铲子在哪里？
你的手中只有一把短笛。

我不会责怪你，
你也许会遗憾，很早以前，不知何时，
我的歌喉就已经永远沉寂。

请穿起我的衣衫吧，
请忘记我的烦恼和痛苦，
就让风儿把你的鬈发吹动。
你要吐露芬芳，像丁香花一样，
你穿越艰苦的路途而来，
要让这里变得一片光明。"

于是她独自离去，
为另一个人让出了地方。
沿着那条陌生而狭窄的小径，
蹒跚着慢慢走远，像盲人一样。

一切让她如同虚幻，篝火
近在身边……铃鼓握在手中。
她，犹如一面白色的旗帜，
她，恰似一座灯塔的光明。

1912 年 10 月 24 日

皇村

致尼·古米廖夫

窄皮带中是文具盒与书本，
我从学校回到了家里。
我的快乐男孩，也许，这些椴树，
还没有忘记我们的相遇。
只是，灰色的丑小鸭变了，
变成了高傲的白天鹅。
而忧郁，用它那不朽的光线
照射进我的生活，我却默然无语。

1912 年 10 月
皇村

花环的针叶闪烁光芒……①

花环的针叶闪烁光芒，

戴在我晴朗的额头上。

啊！感谢命运赐给了我

一个爱笑的小儿郎。

1912 年 10 月

---

① 1912 年 10 月 1 日，阿赫玛托娃与古米廖夫的儿子列夫降生，这首诗显然是献给他的。列夫生下来便跟随祖母安娜·伊万诺夫娜。据斯列普涅沃当地农民回忆，那时他们生活非常贫困，欠下了古米廖夫家许多债务。等阿赫玛托娃怀孕后，古米廖夫家向农民们宣布：如果生下个男孩儿继承人，就把你们的欠债全部免除。为了孩子的顺利降生请祈祷吧。后来，真的生下了个小男孩，叫列夫，他们真的免除了大家的欠债，并且还大摆宴席款待了乡亲们。人们都称赞安娜·伊万诺夫娜，她生下了一位著名的诗人古米廖夫，又培养了一位大学者列夫。列夫也回忆说，与自己的奶奶在一起要比和同龄的小孩子们在一起玩有趣得多。

请来看看我吧……

请来看看我吧。
快来吧。我活着。痛苦不堪。
这双手谁也无法焐暖。
这双唇说："受够了！"

每天黄昏人们把我的摇椅
移到窗前。我眺望着那些道路。
哦，你啊，我是否该责备你，
因为这些日子不安的苦楚！

在尘世没什么值得我恐惧，
即便面色苍白，呼吸沉重。
我只害怕夜深人静时，
会在梦中看到你的眼睛。

1912 年 11 月

圣像下是擦破的小地毯……

圣像下是擦破的小地毯，
冰冷的房间，一片昏暗，
深绿色的常春藤
稠密地环绕着宽敞的窗扇。

玫瑰散逸出甜蜜的芬芳，
长明灯哔啵作响，微微闪亮。
那些有着缤纷图案的小匣子
是艺人爱抚的妙手绘制而成。

窗户旁的绣架泛着白光……
你的侧影精美而又无情。
你把被亲吻过的手指
厌恶地藏在手帕下。

心脏开始可怕地跳动，

如今充满了难言的忧郁……
零乱的发辫里还飘散着
一丝隐约可闻的烟草气息。

1912 年 11 月 14 日

你给了我沉重的青春……

你给了我沉重的青春。

那么多的忧伤都在路上。

我该如何把这颗贫弱的灵魂

赠给富有的你？

谄媚的命运，高唱着

一首关于荣耀的悠长歌曲。

上帝啊！我如此懒散，

我是你吝啬的奴隶。

在天父的花园里，我既不想

成为玫瑰，也不想做小草。

面对每一粒微尘，蠢人的每一句话，

我都会轻轻战栗。

1912 年 12 月 19 日

夜

致米·洛津斯基 ①

沉重的，琥珀色的白昼——持续着漫无尽头！
多么难以言传的忧郁，多么徒劳的等待！
兽栏中又传来银色的鹿鸣，
倾诉着对北极光的热爱。

而我相信，总会飘落冰凉的雪花，
总会有湛蓝的圣水，来拯救乞丐和病痛，
在远方古老的钟声里，
总会有一辆辆小雪橇摇晃着前行。

1912 年

① 米哈依尔·洛津斯基（1886—1955），俄罗斯诗人，勃洛克的远亲，自
幼与其相识。毕业于彼得堡大学法律和语言系。曾参与阿克梅派，与曼
德里施塔姆、阿赫玛托娃、古米廖夫关系密切。编辑《阿波罗》杂志。
1916 年出版诗集《山泉》。他在文学上最大的贡献是翻译了但丁的《神
曲》全集。

我奄奄一息，被不朽煎熬不已……

我奄奄一息，被不朽煎熬不已。
一朵灰暗的阴云垂得很低……
哪怕有一群红色赤身的魔鬼也好，
哪怕有一桶臭气熏天的焦油也好！

请爬到我的身边来吧，施展诡计，
这些威胁来自于陈腐书卷，
只恳请为我保留下记忆，
我只要那最后一瞬间的记忆。

但愿你不以陌生人的面目
出现在痛苦的队列中，
为了欢笑，也为了理想，
我准备用百倍的代价补偿。

死亡的时刻，他俯下身来，

让我饮下透明的升汞 ①。

而众人来到后，他们将埋葬

我的肉体，和我的声音。

1912 年

皇村

———————————

① 升汞：又名氯化汞，白色晶体、颗粒或粉末。剧毒。可用于木材和解剖
标本的保存、皮革鞣制和钢铁镂蚀，是分析化学的重要试剂，还可做消
毒剂和防腐剂。

亲爱的，请你不要把我的信揉作一团……

亲爱的，请你不要把我的信揉作一团。
朋友啊，请你把它一口气读完。
我已经厌倦充当陌生的女人，
在你的旅途中形同陌路。

别这样看我，别气愤地皱起眉头。
我是你的心上人，我属于你。
我不是牧羊姑娘，也不是公主
更不是一名修女——

我身穿灰色平常的裙子，
脚上是一双鞋跟磨损的旧鞋……
但是，我的拥抱一如从前热烈，
大眼睛里还是同样的恐惧。

亲爱的，请你不要把我的信揉作一团，

别为藏在心中的虚伪哭泣，
请你把它收起来吧，装进
自己可怜的背包深底。

1912 年
皇村

蓝色的光泽在天空变得暗淡……

蓝色的光泽在天空变得暗淡，

隐约听得见陶笛的旋律。

这不过是一支泥土做的短笛，

对它不值得有所抱怨。

谁向它说过我的罪过，

它为何要把我宽恕？……

或许这声音是在重复

你为我写下的那些最后的诗歌？

1912 年

还在说着的电话……①

她把还在说着的电话

放回了原处，

她好像觉得这次生命

本不应领受，本不该长久，

而与之最相配的——那痛苦

仿佛属于他人。啊！

电话里的那些交谈……

我们还要对此补充上

那位可爱的小女人②，

我们还要发自内心和灵魂地

---

① 这首诗在现有的《阿赫玛托娃诗文全集》中不知为什么只有最后一节四
行，而在网络上还有第一节七行。

② Самочирка 一词，翻遍所有几本大词典，均不见此词，从俄罗斯网站上
搜索也仅见于阿赫玛托娃的这首诗中，并无解释。猜测可能是 самка 一
词的指小表爱，原意是雌性动物、母兽，有时也戏谑地借指生活放荡或
只有家庭观念的小女人。

赞美阿尼奇科夫 ①。

1912 年（？）

_____

① 阿尼奇科夫（1885—1964），俄罗斯著名病理学家、医学科学院院士。

在这里我们都是酒鬼，荡妇……

在这里我们都是酒鬼，荡妇，
在一起我们多么忧愁，烦闷！
那墙壁上的鲜花和群鸟
沉迷于天上的流云。

你叼着黑色的烟嘴儿，
奇怪的烟雾在它的上空缭绕。
我穿着窄瘦的连衣裙，
为了让身段显得更加苗条。

所有窗子被永远紧闭：
管它外面是什么，雾凇还是暴雨？
你那一双眼睛啊，多像
猫咪的眼睛，小心而警惕。

啊，我的心灵多么痛苦！

是否在等待死亡时刻的降临？
而那个女人，正在翩翩起舞，
注定也要进地狱之门。

1913 年 1 月 1 日

亲爱的女人总有那么多请求……

亲爱的女人总有那么多请求！
不再爱的女人却一个都没有。
我多么高兴，如今无色的冰面下
河水渐渐停止了奔流。

而我就要站上——愿基督保佑！——
这透明易碎的冰层，
请你珍藏起我的书信，
让后世子孙来评判我们的友情。

让他们更清楚、更明白地
了解你，了解你的聪慧和勇敢。
在你辉煌的传记里
难道可以留下空白的片断？

尘世的酒浆实在甘美，

爱情的罗网足够严密。
希望孩子们有朝一日
能从课本中读到我的名字，

但愿他们能读懂我忧伤的故事，
脸上浮现出调皮的笑意……
你没有赠给我爱情和安宁，
那就请赐予我痛苦的荣誉。

1913 年 2 月

心慌意乱

1

炽热的阳光令人烦闷，

而他的眼神——光芒灼人。

只是我在微微颤抖：他

可以让我变得温情柔顺。

他俯下身来——要对我说些什么……

我的面颊蓦然失去了血色。

但愿爱情像一块墓碑

横亘于我的生活。

2

你不爱我，不想看我？

啊，你多么英俊，该死的！

可我却不能飞翔，

尽管我从小就长着翅膀。

迷雾遮蔽我的视线，

那么多事物和面孔混作一团。

只有一朵鲜红的郁金香，

插在你上衣的纽扣儿上。

3

就像出于普通的礼貌，

他微笑着，走近我，

半是温情，半是懒散，

用双唇吻了一下我的手——

如同瞻仰神秘而古老的圣像，

用目光仔细把我端详……

十年的慌乱，十年的呼喊，

以及我的所有失眠的夜晚

都汇入了一句平静的话语，

我告诉他——一切都是枉然。

你离我而去，而我的心灵

重又变得空旷和安详。

1913 年 2 月

我看见海关楼上褪色的旗子……

我看见海关楼上褪色的旗子，
城市上空黄色的烟尘。
此刻我的心啊，渐渐
变得麻木，痛苦地叹息。

多想重新变成海边的女孩儿，
光脚丫穿鞋子，
把头发编成王冠的样式，
用兴奋的嗓音歌唱。

多想一直站在台阶上眺望
赫尔松斯基教堂黝黑的圆顶，
不必知道，因为幸福和荣誉
心正在不可救药地衰老。

1913 年 2 月

人们没有提着灯笼……

……人们没有提着灯笼
走下台阶出门相迎。
在微弱的月光下
我走进了一座寂静的王宫。

站在绿色的灯光下，
朋友脸上是不自然的笑容，
他悄声说道："灰姑娘，
你的声音多么美妙动听……"

壁炉里的火焰渐渐熄灭；
蟋蟀的鸣叫烦躁不安。
啊！我的那只水晶小鞋，
不知谁拿去做了纪念。

他还赠给我三朵石竹花，

甚至眼皮都没有抬起。
啊，这可爱的赃物，
我该把你们藏匿在哪里？

而我的心痛楚地相信，
近了，那个期限很快近了，
他会千方百计来测量
我那只水晶小鞋的尺寸。

1913 年 2 月

漆黑的道路曲折蜿蜒……

漆黑的道路曲折蜿蜒，

空中细雨蒙蒙，

有个人请求

稍稍送我一程。

我答应了他，可是忘记

看一眼他的面孔，

而随后回想起这段路途，

心中还充满恐惧。

雾气飘荡，仿佛

千万只香炉吐出烟雾。

旅伴不停地哼唱着小曲，

刺痛了我的心。

我记得古老的大门

和道路的尽头——

在那里同行的人

对我说："别了……"

如同亲兄弟，他把
一枚铜十字架放到我的手里……
从此，我到处都听得见
那支草原牧歌的旋律。
哦，我身不由己，坐立不安——
时而思念，时而哭泣。
回来吧，我陌生的旅伴，
我在寻找着你。

1913 年 3 月

在晚上

音乐声回荡在花园里，

饱含着一种难以言表的苦痛。

盘子里冰冻的牡蛎

散发出大海新鲜而浓烈的咸腥。

他对我说："我是你忠诚的友人！"

然后贴近了我的衣裙。

这双手臂的轻轻触碰，

一点儿都不像恋人间的相拥。

人们就是这样抚摸小猫或小鸟，

就是这样打量苗条的女骑手……

在他轻佻的金色睫毛下

平静的目光里偶尔闪过一丝微笑。

小提琴凄婉的旋律

随着弥漫的雾气四处飘荡：

"感谢上苍的赐予——

这是你初次单独与恋人相聚。"

1913 年 3 月

我见过冰雹过后的原野……

我见过冰雹过后的原野

和感染鼠疫的畜群，

我见过一串串葡萄，

当严寒季节突然降临。

我还记得，如同梦幻一般，

静夜里的草原大火熊熊……

但我最害怕的是

你遭受折磨的灵魂被劫掠一空。

这么多的乞丐。那让我也成为其中一名——

睁开泪水干涸的双眼。

让它们微弱的绿松石的光芒

照亮我的房间。

1913 年 5 月

郊游

帽子上的羽翎轻碰马车的顶篷。
我看了看他的眼睛。
我的心情惆怅，却不清楚
哪里来的这些苦痛。

愁绪笼罩了无风的黄昏，
在白云舒卷的苍穹下，
布洛涅森林 ① 仿佛用水墨
描绘在古老的相册上。

汽油的味道，丁香的芬芳，
还有那令人警觉的宁静……

_____

① 布洛涅森林，位于法国巴黎市的西部，面积 855 公顷，曾是国王的狩猎
场，环境优雅，气氛宜人。林中有动物园、游乐场、赛马场、足球场等
娱乐场所。印象派画家马奈《草地上的午餐》表现的就是当年布洛涅森
林场景。

他再次碰了下我的大腿，

那只手几乎丝毫也不颤抖。

1913 年 5 月

你前来安慰我，亲爱的……

你前来安慰我，亲爱的，
你是最柔情，最温和的那一个……
我没有力气从枕头上起身，
窗上的铁条如此紧密。

你以为，看到的将是我的尸体，
就带来一个花圈，粗陋无比。
你用微笑刺痛了我的心，
时而温柔，时而嘲弄，时而忧郁。

现在我遭受的垂死折磨算得了什么！
如果你还想和我在一起，
我便会向上帝乞求
宽恕所有你爱过的人，也宽恕你。

1913 年 5 月

彼得堡，克列斯托夫斯基岛

记忆的召唤

——致奥·阿·格列勃娃-苏杰伊金娜 ①

你失神地凝视着墙壁，看见了什么？
当天空布满晚霞的时刻。

是看见海鸥飞掠过蔚蓝平静的水面
还是看见佛罗伦萨的花园？

抑或是看到皇村巨大的公园，
在那里，惊慌不安把你的道路阻断？

也许你看见那人倒在自己膝旁，
他不再是你的俘虏，服白色毒药而亡。

---

① 奥·阿·格列勃娃-苏杰伊金娜（1885—1945）是俄国话剧演员、歌唱家、舞蹈家，阿赫玛托娃的女友。白银时代的许多诗人都曾经为她献诗。青年诗人克尼亚杰夫（1891—1913）曾追求过她，失恋后服毒自杀。奥·阿·格列勃娃-苏杰伊金娜1924年移民法国，1945年死在巴黎。

不，我看见的只不过是一面墙，
那上面，是天空熄灭火焰的反光。

1913 年 6 月 18 日

我什么也不会告诉，什么也不会说出……

我什么也不会告诉，什么也不会说出。
我只会俯下身，默默地望着窗口。
有次人们带我去了教堂，
和谁去的，不知道。但记得是很久以前……

从我的窗口看得到红色的烟囱，
烟囱上空是一团团轻盈的烟雾在升腾。
我闭上眼睛。一双温柔的嘴唇
把我的睫毛轻轻触动。

那不是梦境，热恋时慌乱的安慰者，
也不是微风安静的问候……
这是——受伤者紧张地注视着灵魂，
那伤口，一如从前，清晰，鲜明。

1913 年 7 月

我温顺地猜想……

我温顺地猜想
那双灰色眼睛中的形象。
我在特维尔大街独居，
时常忧伤地想起你。

在涅瓦河的左岸，做了
那双美手的幸福俘虏，
我的出色的同时代人啊，
你的梦想终于得以满足。

你命令我：够了，
试试吧，去杀死自己的爱情！
我变得虚弱，优柔寡断，
而它越来越强烈地嗜血。

如果我死去，谁会

给你写下我的诗句，
谁会帮我把那些未表白的情感
变成美妙动听的话语？

1913 年 7 月
斯列普涅沃

桌子前已是暮霭沉沉……

桌子前已是暮霭沉沉。

这空白的一页无法补救。

金合欢散发尼斯 ① 的气息和温馨。

一只白色大鸟在月光下飞走。

我把过夜的发辫扎得很紧，

好像在为明天梳妆，

凭窗远眺，不再伤心，

我看到茫茫的大海，和无垠的沙岗。

假如一个人连柔情都不需要，

他还有什么样的权力！

当他呼唤我的名字，

———————————

① 尼斯，位于法国南部地中海沿岸，著名旅游城市。

我甚至连疲惫的眼睑都不能抬起。

1913年夏

斯列普涅沃

最后一封信

啊，我粗心的旅伴，
我的爱吃醋、易慌乱的朋友，
你没有跟随我来到此地。
九月，忧愁和寒冷，
却不可能返回
那神秘莫测的城市——
它们是两座，一座与另一座
拥有同样的冷峻之美
都享有神圣的记忆，
都令你的微笑高贵无比。
你让人厌恶，任性，
可不知为什么却又比别人可爱。
在这里，我难以忍受苦闷，
手拿象牙念珠作着祈祷
我清楚地知道，午餐时
我的邻居会来做客。

想想吧，日复一日，

雪花飞落，在傍晚前融化，

我的希望随最后一只白鹤

远走高飞。

邻居已经习惯了我的忧愁，

他自己也时常叹息：

"对不起，我感到忧郁，苦闷。"

实际上，他正沉迷于爱情。

花园里，伴着卡累利阿桦树 ① 的沙沙声

我梦想着皇村岁月，

梦想着那些长久的争论，梦想着诗歌

和使人迷醉的双唇。

我感觉被一只胳膊肘儿牵着手

带回家中

我会重新听到，说不能

再与我分离；

是因为怎样可怕的罪过

我要遭受这种寂寞的惩罚？

当壁炉在客厅中熊熊燃烧

---

① 卡累利阿桦树：卡累利阿是俄罗斯联邦的一个自治共和国，位于俄罗斯的西北部，首府是彼得罗扎沃茨克。那里生长着一种木纹极美的名贵桦树，通常称为"卡累利阿桦树"。

我身姿健美的客人并不急于

登上四轮马车离去，

他仿佛回想起什么，

眼睛不眨地凝望着火焰，

而我喜欢回想起……

朋友们，你们已经看厌了

我的神龛空空荡荡，

每个人都把自己新的女王

领进黄金的大门。

而你，当然，动作比任何人都迅速，

你的意中人比其他人

都要忠贞；很快神香

就会自由地飘散到她的脚下……

那时请回忆起这唯一的时刻，

黄昏遥远的时刻，

天鹅忧伤的啼鸣，

还有我告别时的眼神。

我再也不需要什么了——

对我来说这是必然的快乐。

1913 年 9 月 8 日

斯列普涅沃

男孩对我说："这多么痛苦！"······

男孩对我说："这多么痛苦！"
他真是让人可怜。
前不久他还是那么心满意足，
只是听人说起过哀愁。

可如今他知道了所有事情，
并不次于英明、年长的你们。
他那双明亮的眼瞳，
仿佛也已经变得暗淡无神。

我知道，他不能战胜自己的痛苦，
不能战胜初恋的不幸痛苦。
他那样无助，渴求而热切地
抚摸着我冰凉的双手。

1913 年 10 月

你好！你是否听见书桌右边……

你好！你是否听见书桌右边
轻盈的脚步声？
你还没有写完这些诗句——
我就来到了你的面前。
难道你生气了，
像上次一样，——
你说，你看不到手，
看不到我的双手和眼睛。
你这里多么明亮和宽敞。
请不要赶我走，把我赶到
窒息的桥拱下，
那里污浊的河水正在结冰。

1913 年 10 月
皇村

我知道，我知道……

我知道，我知道——那对滑雪板
会重新发出嘶哑刺耳的声响。
棕色的月亮高悬蓝天，
草场那么愉快地斜向远方。

宫殿里的窗口闪烁着灯光，
寂静把它们与人世隔断。
既没有小路，也没有曲径，
只有冰窟窿一样的无边黑暗。

垂柳，你这树中的美人鱼，
不要阻挡我的去路！
一群乌黑的寒鸦在雪枝间栖息，
请暂且给它们一个容身之处。

1913 年 10 月

皇村

1913 年 11 月 8 日

阳光用金色透亮的纤尘
充盈了房间。
我醒来，才想起：
亲爱的，今天是你的节日。

因此，窗外飞雪的远方
也变得温暖，
因此，失眠的我，
睡得像领圣餐者一样。

1913 年 11 月 8 日（？）

那个口齿不清的赞美我的人……

那个口齿不清的赞美我的人
还在舞台边缘转来转去。
逃离灰色的烟雾和暗淡的火光，
我们所有人，当然，是满怀欣喜。

但有一个问题在混乱的话语中被激起，
为什么我没有成为爱情的明星，
那张残忍失血的脸在我们的上空
被可耻的疼痛扭曲。

爱我吧，想我吧，并为我哭泣。
上帝面前所有痛哭的人不是平等吗？
别了，永别了 ①！刽子手把我带走，
正踏上凌晨蓝色的旅途。

1913 年 11 月 16 日

①　有的版本此处为"我梦见……"

从阿格拉费娜 [①] 沐浴节那天起……

从阿格拉费娜沐浴节那天起

他就珍藏着一方深红的手帕。

时而沉默，时而欢畅，像大卫王。

四面白墙，寒冷的小修道室里，

没有人和他说话。

我走过去，站在门槛儿上，

对他说："请还给我的手帕！"

1913 年 11 月 16 日

皇村

---

① 阿格拉费娜沐浴节，俄罗斯民间传统节日，在每年的 6 月 23 日。漫长的冬季结束后，从这一天起，人们可以到户外的江河湖海中去洗澡，也解除了采摘花草的限制，人们准备下一年洗澡健身用的各种小树枝。傍晚时，年轻人聚集在水边聚餐、跳舞、点起篝火，直到黎明。

您用细小工整的笔画写信，丽斯……

——致格奥尔基·伊万诺夫 ①

您用细小工整的笔画写信，丽斯

不再是给女友，也不是给年老的姨妈。

一群鸽子飞到屋檐之上，

阳光在露台的栏杆上戏耍。

我再次找到了您的窗口

它就在花环之下，穿插着长长的枝条。

秋天的花园多么美好！

沉醉于爱情的人们多么美好！

黄色的太阳闪耀着光芒，

黄色的裙子在窗口闪亮……

———————————

① 格奥尔基·伊万诺夫（1894—1958），俄罗斯白银时代诗人。

我知道——如果我敢于向她鞠躬致意，

她也永远不会把我原谅。

1913 年（11 月）

我有一个微笑……

我有一个微笑：

像这样，可见稍稍翘起的唇角。

为了你，我把它珍惜——

要知道是它把爱情赠予我。

无所谓，即使你无耻而邪恶，

无所谓，即使你爱着别的姑娘。

我的面前是金色的读经台，

我的身边是灰眼睛的新郎。

1913 年（11 月）

你能否原谅我这段十一月的时光……

你能否原谅我这段十一月的时光？

涅瓦大街边的运河里，灯光闪亮。

悲剧式的秋天，装束多么寒伧。

1913 年（11 月）

彼得堡

天主教堂高耸的拱顶……

天主教堂高耸的拱顶
比苍穹还要蔚蓝……
请原谅我，快乐的男孩儿，
我给你带来了死亡——

因为那从小圆广场采来的玫瑰，
因为你那些愚蠢的来信，
还因为你粗鲁和黝黑的肤色，
为爱情不安而苍白的面孔。

我觉得，这都是你故意所为——
你希望快些成长。
我觉得，不能爱懒散
有恶习的女人，作自己的新娘。

然而一切都显得徒劳无益。

当严寒来临，
你已在冷静地追随着我
无论何时，无论何地，

你好像是在复制着
我不喜欢的模样。请原谅！
为什么你接受了
这条苦难路途的诺言？

死神抓住了你的双手……
请告诉我，后来结果如何？
我不知道，在蓝色的衣领下
我的咽喉显得多么脆弱。

请宽恕我，快乐的男孩儿，
我倍受折磨的小猫头鹰！
今天，从天主教堂出来，
我如此艰难地回到家中。

1913 年 11 月
皇村

我们将不会从同一只杯子……

我们将不会从同一只杯子
喝水，或是饮甘甜的美酒，
我们不会在大清早亲吻，
而黄昏时一起眺望窗口。
你呼吸着阳光，我呼吸着月亮，
可我们在同一的爱情中生长。

我真诚温情的朋友总在身边，
与你相伴的是你愉快的女友。
我明白你灰眼睛的慌乱，
你是我伤痛的罪魁祸首。
我们不会更多地短暂约会，
因此应该珍惜我们的安宁。

只要你的声音在我的诗中歌唱，
只要在你的诗中散发我的气息。

啊，如同篝火，无论是忘却，还是恐慌，
都不会将它吹熄。
假如你知道，现在我是多么想亲吻
你那干燥的、玫瑰般的双唇！

1913 年 11 月

迷蒙的玻璃图案后面……

迷蒙的玻璃图案后面
冰雪下的针叶林一片银白。
为什么我那只矫健的雏鹰
飞走了，不辞而别？

我听着人们的交谈。
他们说，你是一位魔法师。
自从我们约会后，那件蔚蓝的短衫
我已瘦得不能再穿。

那通向乡村墓地的道路，
从前我曾沿着它
随意地来回游荡，
如今它好像要一百倍的漫长。

1913 年 11 月（？）

你知道，我正为不自由痛苦不已……

你知道，我正为不自由痛苦不已，
我向上帝祈求死亡。
但是特维尔穷困的土地
总令我难忘，思念到悲伤。

那眼古老水井上的吊杆，
水井上空，那如同飞沫般的白云，
田野里吱呀作响的门扉，
谷物散发的芳香与愁闷。

还有那晦暗的辽阔，
风也发出微弱的声音，
还有那些平静的黝黑的农妇
投来的谴责的眼神。

1913 年秋
斯列普涅沃

紧紧闭着干裂的嘴唇⋯⋯

紧紧闭着干裂的嘴唇。

三千支蜡烛燃着灼热的火光。

叶夫多基娅公爵小姐 ① 就这样躺在

芬芳的蓝宝石色的锦缎上。

一位母亲为瞎眼的男孩，躬下身，

向她无泪地做着祈祷，

一个歇斯底里的女人无声颤抖着，

用双唇拼命地捕捉着空气。

而那个黑眼睛的驼背老头儿

来自南部边区，

---

① 叶夫多基娅·德米特里耶夫娜（1353—1407），苏斯达尔大公德米特里·康斯坦丁诺维奇的女儿。13 岁时嫁给 15 岁的莫斯科大公德米特里·伊万诺维奇。因从事慈善事业而闻名。

他紧紧趴在发黑的台阶上，
好像靠近了天堂的大门。

1913 年秋

致瓦·谢·斯列兹涅夫斯卡娅 ①

用经验替代智慧，恰似

一杯清淡、不能解渴的酒。

而曾经的青春——像礼拜日的祈祷……

让我怎能把它忘掉？

和我不爱的人

走过了多少荒凉的道路，

而为了爱我的人

在教堂里做过多少应分地祈福……

我变得比所有健忘者都更健忘，

岁月如水安静地流动。

永远都不会再还给我

---

① 瓦列里娅·谢尔盖耶夫娜·斯列兹涅夫斯卡娅（1888—1964），阿赫玛
托娃的女友。

那没被亲吻的双唇，不爱笑的眼睛。

1913 年秋
皇村

在那个年代我来到人间做客……

在那个年代我来到人间做客。

施洗时他们赐给我一个名字——安娜，

让人的双唇和耳朵都感到甜蜜。

我新奇地发现了尘世的快乐

认为节日并不止有十二个，

而是一年有多少天，就有多少。

我，顺服于那些神秘的律令，

选择了自由的朋友，

只爱阳光和树木。

夏末的一天，晨光中嬉戏的我

结识了一位外国姑娘，

我们一起在温暖的海水中游泳。

我觉得她的服装是那么奇怪，

更奇怪的是她的嘴唇，而她的语言——

仿佛流星滑落在九月的夜晚。

她体型匀称，教我游泳，

在强劲的波涛中，用一只手托起
我毫无经验的身体。
时常，站在蓝色的海水里，
她和我不紧不慢地聊着天，
我感觉，像是森林的高处
在轻盈地喧哗，沙砾闪烁着光芒，
抑或牧笛用它白银般的声音
在远方歌唱离别时的黄昏。
但我没能记住她说过的那些话，
常常在深夜时痛苦地醒来。
我惊讶于她微张的嘴唇，
她的眼睛和光滑简洁的发型。
如同向上天的信使祈祷
那时我对忧郁的姑娘说：
"告诉我，请告诉我，为什么记忆会熄灭，
它这样痛苦地抚慰听力，
是你善意地取消了重复的记忆？……"
只有一次，当我采摘了葡萄，
放进编制的花篮，
而黝黑的她坐在草地上，
紧闭着眼睛，散开了发辫，
懒洋洋的，显得那么疲倦

是因为那浓重的蓝色果实的气息
还是野薄荷浓郁刺激的芬芳，——
她把那些奇妙的话语放进了
我记忆的宝库，
而我，弄撒了满满的篮子，
摔倒在了干燥而芳香的土地上，
像是对着爱人，爱情在歌唱。

1913 年秋

1913 年 12 月 9 日

一年中最黑暗的日子
应该变得明媚。
你的双唇如此温情——
我竟找不到比喻的词汇。

呵护着我的生活，
只是不许你抬起眼睛。
它们比初开的紫罗兰还明亮，
对我来说却无异于死亡。

我瞬间明白了，什么也不用说，
冰雪覆盖的树枝断落在地……
捕鸟的罗网已经
在河岸上张起。

1913 年 12 月

皇村

你不要把真正的柔情……

你不要把真正的柔情

随便和什么搞混，它是如此安宁。

你用不着怜爱地把皮大衣

裹住我的双肩和前胸。

你也没有必要用温顺的话语

说起第一次爱情。

我是多么熟悉

你这执着而又贪婪的眼神！

1913 年 12 月

皇村

我和你不再共饮美酒……

我和你不再共饮美酒，
因为啊，你这个男孩实在顽皮。
我知道——撞见过你随便和谁
在月光下接吻。

而我们之间——相安无事，
感谢上帝。

而我们之间——不用命令
就会抬起明亮的眼睛。

1913 年 12 月

夜晚高烧，清晨萎靡……

夜晚高烧，清晨萎靡，

噼啪干裂的双唇渗出血的味道。

这就是它——那最后的疲倦，

这就是那——靠近荣耀王国的门前。

整个白天我从小圆窗向外张望：

那片变暖的院墙泛着白光，

小路上长起了滨藜，

我多想去走一走——该是何等快意。

希望沙子窸窣有声，刺猬的爪子——

那黑色潮湿的小爪子——簌簌作响，

希望在深蓝色的运河中

再次看见月亮模糊破碎的闪光。

1913 年 12 月

我离开你白色的房子和寂静的花园……

我离开你白色的房子和寂静的花园。

让生活从此变得荒凉和明亮。

你啊，我会在我的诗中赞美你，

就像女人不能做祷告一样。

你记得亲爱的女伴，

在你为她的眼睛建造的乐园，

而我出售的商品人世少有——

那是你的爱情与温柔。

1913 年冬

皇村

哦，这是寒冷的一天……

哦，这是寒冷的一天，
在神奇的彼得罗夫市！
晚霞犹如深红色的篝火，
阴影缓缓地变得浓密。

你只是碰了一下我的前胸，
恰似诗人拨动了竖琴，
你希望听到简洁的回答，
说出那声苛求地"爱！"

你不该看到我的眼睛，
它们能预见未来，忠贞不变。
但你会捕捉一行行诗句，
还有我傲慢的唇吻上的祈祷。

1913 年冬
皇村

我曾这样祈祷……

我曾这样祈祷："请消除
我暗中写诗的渴望！"
可是，没有离开大地的世俗，
也没有获得的解放。

就像祭祀时的青烟，它不能
飘向权力和荣耀的宝座，
而只能在大腿边盘旋，
祈祷似地亲吻小草，——

上帝啊，我这样俯身以额触地：
上天的火焰是否能
触及我紧闭的睫毛
和我不可思议的寂静？

1913 年冬
皇村

回信

> 当一弯新月升起
>
> 我再次点燃六支蜡烛。
>
> ——鲍·萨多夫斯科伊 ①

我收到了您的信，

不相信那些温柔的话语，

一边读信，一边望着窗间的镜子，

对您和自己都惊讶不已。

辽阔的阳光涌进窗口

散发着冬日的气息……

我知道，您是位诗人，

就是说，我们有相同的志趣。

---

① 鲍·萨多夫斯科伊（1889—1952），原姓萨多夫斯基，俄罗斯白银时代
诗人，作家，文学评论家。

多好啊，在这个世界上
有一弯新月，还有六支蜡烛
被您燃起。

请想一想我吧，
我生活在陷阱里，
一直害怕那些意外的相遇。

1913 年

那是第五个季节……

那是第五个季节，
只应把它赞颂。
呼吸最后的自由吧，
因为，这就是——爱情。
天空向着高处飞升，
万物的轮廓多么轻盈，
而身体已然不再
为自己忧伤的一周年欢庆。

1913 年

彼得堡

我生得不早也不晚……

我生得不早也不晚，
这是一个幸福的时刻，
心灵不靠欺骗来生存，
也不需要上帝的保佑。

因此向阳的房间也一片黑暗，
因此我的朋友们，
如同夜间忧郁的小鸟，
歌唱着从没有过的爱情。

1913 年
皇村

送朋友来到前厅……

送朋友来到前厅。

我站于金色的光尘里。

从隔壁的钟楼上响起

一阵阵庄严的钟声。

你被抛弃了！这臆想出的话语——

难道我是一朵花，一封信？

而目光已坚定地

注视着窗间渐暗的穿衣镜。

1913 年

皇村

在这座房子里散发出……

在这座房子里散发出
花草和陈设的迷人芳香。
那些蔬菜，五颜六色，
在一排排菜畦的黑土中生长。

冷风还在缓缓流动，
但粗草席已然从温床上撤去。
那里还有一片池塘，那么美的池塘，
池中的水藻像锦缎一样。

有个小男孩，心怀恐惧，
他十分紧张地小声告诉我，
里面住着一条大公鲫鱼，
还有一条大母鱼和它共同生活。

1913 年

每天你都滋生新的不安……

每天你都滋生新的不安，

成熟的黑麦吐散着越发浓郁的芬芳。

如果你甘愿俯身在我的脚下，

温柔的人啊，就请躺在我的身旁。

黄鹂在辽阔的槭树林中啼鸣，

直到夜深什么都不能使它们安静。

我喜欢从你绿色的眼睛里

驱赶走那一只只快乐的黄蜂。

大路之上铃声丁当——

我们永远记得这轻快的声音。

为使你不再哭泣，我为你歌唱，

我唱的是一曲《离别的黄昏》。

1913 年

彼得堡之诗

1

伊萨克教堂^①重新披上了
白银铸造的法衣。
彼得大帝的骏马
在威严的焦躁不安中凝立。

窒息而严酷的大风
从黑色的烟囱里扬起煤尘……
啊！对自己新建的首都
国王很不称心。

2

心儿跳得这样均匀，平静。

---

① 伊萨克大教堂（又名伊萨基辅大教堂），该教堂建于1818—1858年，建
筑师蒙费兰。

为何我得享这漫长的时光！
加列尔大街的拱门之下
我们的阴影在永远游荡。

透过低垂的眼睑
我看见，看见，你与我相伴，
你的手中，是我那把
从来都没打开过的折扇。

因此，我们并肩站立在
这神奇的幸福时刻，
此时，夏宫花园的上空
那一弯玫瑰色的月亮复活，——

我不该站在这令人厌倦的窗口
继续等候，
等候那让人痛苦的约会。
全部的爱情都已被消除。

你自由了，我也自由了，
明天会比昨天美好，——
在涅瓦河乌黑的流水之上，

在彼得大帝

冷冰冰的笑声中。

1913 年

我很少想起你……

我很少想起你
也不为你的命运沉迷,
但是却无法从灵魂里抹除
与你那几次约会的痕迹。

我故意绕过你的红房子,
那浑浊的河流之上的红房子,
可我知道,我会痛苦地扰乱
你充满阳光的安宁。

但愿不是你,祈求着爱情,
俯身靠近我的双唇。
但愿不是你,用黄金般的诗句
让我的痛苦永世长存——

我对未来秘密施展魔法,

如果黄昏一片蔚蓝，

我将预感到第二次相见，

那和你不可避免的第二次相见。

1913 年

身体变得多么可怕⋯⋯

身体变得多么可怕，
痛苦的嘴唇多么苍白！
我不希望就这样死去，
我没有指定这个日期。
我仿佛觉得，高空的某个地方，
乌云正撞击着乌云，
闪电飞驰的火光，
巨大的欢乐的声音，
像一个个天使向着我飞临。

1913 年

脖颈上挂着一串细小的念珠……

脖颈上挂着一串细小的念珠，
双手藏在宽大的暖筒 ① 里，
眼睛漫不经心地四处环顾，
它们永远不会再痛哭流涕。

这件雪青色的绸衫
让我的面孔显得愈发苍白，
我的额发没有烫鬈
它们几乎触到了我的眉梢。

不像以前那样飞翔，
我的步履变得多么迟缓，
双脚如同踏着木排，

---

① Муфта，用棉或毛皮做成筒状，冬天天寒时套在两手上来保暖用。也译
作手笼、手筒、暖袖。

而不是方块的镶木地板。

失血的嘴唇微微张启，
不均匀的呼吸如此吃力，
而没有等到约会的这束鲜花，
在我的胸前轻轻战栗。

1913 年

客人

一切恍若从前：细碎的暴风雪粒
敲打着餐厅的窗子，
我并非是新来乍到，
有个人走到了我身边。

我问："你想怎么样？"
他说："愿和你一起下地狱。"
我笑了起来："啊，也许，你这是
预言我们二人不幸的未来。"

但是，他抬起干瘦的手，
轻佻地碰了碰那些花：
"告诉我，别人怎样吻你，
告诉我，你又是怎样吻别人。"

那双暗淡无神的眼睛，

紧紧盯住我的戒指，
那张纯净不祥的面孔上的肌肉
纹丝不动。

哦，我知道，紧张而强烈地知道，
他的乐趣就是——
他什么都不需要，
我没有什么理由可以拒绝他。

1914 年 1 月 1 日

致亚历山大·勃洛克 ①

我来到诗人家做客。

恰好是正午。星期天。

宽敞的房间里多么安静，

窗外地冻天寒。

一轮红日

升起在浓密的灰蓝色烟雾上空……

如同沉默无语的主人

安详地注视着我的面孔！

他有怎样的一双眼睛啊，

每个人都应该记住，

我啊，最好还是小心些，

---

① 亚历山大·勃洛克（1880—1921），俄国著名诗人，象征主义流派代表诗人。代表作为1904年出版的《美妇人诗集》《十二个》。

根本不去与它们对视。

可是我记得那次谈话，
烟气迷蒙的正午，星期天
在涅瓦河港口附近
那所灰色高大的房子里面。

1914 年 1 月（7 日）

空虚苍白的圣诞节节期……

空虚苍白的圣诞节节期①。
旋转飞扬吧，暴风雪，旋转飞扬。
即便所有的道路都平坦，——
也没人让我可以前往！

1914 年 1 月 7—19 日

---

① 圣诞节节期，俄罗斯东正教圣诞节到主显节一般称作"斯维亚特基"，
在每年的 1 月 7 日圣诞节到 1 月 19 日的主显节，共 12 天。

他用木炭在我的左肋……

他用木炭在我的左肋
标出射击的位置，
想要把我的痛苦——那只小鸟，
再次放飞到荒凉的夜晚。

亲爱的！你的手不要颤抖，
而我忍受的时间也不会太长。
我的痛苦之鸟飞走后，
它会立在枝头，放声歌唱。

但愿那个平静的人，正在自己家中，
他打开窗子后，说：
"这声音真熟悉，却一句也听不懂"，——
随后，便垂下了眼睛。

1914 年 1 月 31 日

彼得堡

一阵风寒过后……

一阵风寒过后，
我随意地在炉火边取暖。
我没有守护好自己的心，
竟然有人把它偷走。

新年的氛围如此繁华，
新春的玫瑰如此润艳。
可在我的心中已听不到，
蜻蜓般的震颤。

哎！我猜到那个小偷不难，
看眼睛我就能把他认出。
只是我担心，很快，很快
他会亲自来归还自己的猎物。

1914 年 1 月

当我们最后一次相见……

当我们最后一次相见，
是在经常约会的堤岸边。
涅瓦河里的流水高涨，
城里人都在担心洪水泛滥。

他和我说起了夏日，说起
一个女的想当诗人——简直荒唐可笑。
我记住了巍峨的皇宫
和彼得罗巴甫洛夫斯克的城堡！——

后来，空气完全不再属于我们，
而像是上帝的恩赐——这般奇妙。
就是在那一刻，从全部疯狂的诗歌中，
他把最后一首献给了我。

1914 年 1 月

离别

黄昏的道路倾斜，

在我的面前伸向远方。

就在昨天，我的恋人，

还哀求说："请不要把我遗忘。"

如今只有阵阵风声，

和牧人们的呼唤，

只有激动不安的雪松

仁立在清澈的泉水边。

1914 年 2 月

你怎么能眺望涅瓦河……

你怎么能眺望涅瓦河，

你怎么敢走到桥上去？

从梦见你的那一刻

我没有白白赢得悲伤的名气。

黑色天使的翅膀多么锋利，

最后的审判很快就会来临，

那深红色的篝火，

恰似玫瑰花，在大雪中绽放。

1914 年初

彼得堡

给塔玛拉·普拉托诺夫娜·卡尔萨温娜 [1]

像唱歌一样，你编排好轻盈的舞蹈——
这舞蹈为我们讲述荣誉，——
苍白的面颊上泛起玫瑰般的红潮，
一双眼睛却变得越来越忧郁。

每时每刻都有更多的事物被征服，
对自己的存在，它们已然忘记，
而在幸福的乐曲声中
你重新倾斜了柔韧的身体。

1914 年 3 月 26 日

---

[1] 塔玛拉·普拉托诺夫娜·卡尔萨温娜（1885—1978），俄罗斯著名的芭蕾舞演员。主演于马林斯基剧院，参加了俄罗斯佳吉列夫芭蕾舞团，经常与瓦茨拉夫尼任斯基合作演出。十月革命后嫁给英国外交官，移居英国。后坚持从事演出与教授舞蹈活动。1930—1955 年担任皇家舞蹈学院副院长。1978 年以 93 岁高龄病逝于伦敦。

滨海花园的道路变得幽暗……

滨海花园的道路变得幽暗，
路灯金黄，鲜明。
我非常平静。只是不要
和我说起他。
你可爱而忠诚，我们会成为挚友……
漫步，亲吻，老去……
而一个个月份轻盈，似雪花般的繁星，
飞翔在我们的头顶。

1914 年 3 月

哪里都没遇到自己的爱人……

哪里都没遇到自己的爱人：
徒劳地走过了那么多国家。
返回后，我回答天父：
"是的，天父！——你的大地真是美丽。

蔚蓝色的大海爱抚我的身体，
懒洋洋的小鸟响亮地鸣啼。
而在我的祖国，一场青霜的抚慰
会让深色的发辫立刻变得花白。

而在那偏僻的静修院，修士们
用悠长、精妙的祈祷文做着祷告……
我知道：当大地破碎不堪，
你用忧郁的眼神凝视着下面。

上帝啊，我履行了你的约言

愉快地回应了你的召唤，

我记住了你大地上的一切，

只是在哪里都没遇到自己的爱人。"

1914 年 3 月

致亚历山大·勃洛克

焦虑从你那儿来到了我这里
还有创作诗歌的能力。

1914 年 3 月

高个女人，你的小茨冈在哪里……

"高个女人，你的小茨冈 ① 在哪里，

他曾躲在你的黑头巾下哭泣，

你第一个年幼的孩子在哪里，

关于他，你知道些什么，什么让你无法忘记？"

"母亲的命运——是幸福的折磨，

我不配去享有它。

大门敞开通向圣洁的天堂，

抱走小儿子的，是抹大拉的马利亚 ②。

我的每一天——都快乐，美好，

---

① 茨冈：即吉普赛人。茨冈人的祖先是祖居印度旁遮普一带的部落，大约
　公元 10 世纪以后，迫于战乱和饥荒，开始离开印度向外迁徙，他们没
　有固定的居所，而是以大篷车为家和交通工具，以卖艺为生，在一个个
　城市间游荡，逐渐成为世界闻名的流浪民族。
② 抹大拉的马利亚（又译为玛利亚玛达肋纳、马利德莲）在《圣经·新
　约》中，被描写为耶稣的女追随者。罗马天主教、东正教和圣公会教会
　都把她作为圣人。

我迷失于漫长的春天，

只有双手因劳累而烦恼，

他的哭声也只有在梦中才能听见。

我的心变得焦虑，痛苦不堪，

当时的情景什么都不记得，

在黑暗的房间里，我走来走去，

一直在寻找着他的小摇篮。"

1914 年 4 月 11 日

彼得堡

他没有痛打，没有诅咒，没有背叛……

他没有痛打，没有诅咒，没有背叛，
只是不再凝视我的双眼。
在寂静的房间里
他向神像述说自己阴暗的羞惭。

他声音低沉，全身弯曲，
一双白皙的手，动作虔诚无疑……
啊！不知什么时候他会掐死我，
在睡梦中让我窒息。

1914 年（4 月 26 日）

回答

——致瓦·阿·科马罗夫斯基伯爵 ①

四月安静的一日给我带来

多么奇怪的话语。

你知道，在我体内还存活着

激情可怕的那一个星期。

我没有听见那些丁当声，

它们沉浸在纯净的糖衣里。

那七天时而发出红铜的哗笑，

时而溢出白银的哭泣。

而我，捂住我的面孔，

恰似面对永世的别离，

---

① 瓦·阿·科马罗夫斯基伯爵（1881—1914），瓦西里·阿列克谢耶维
奇·科马罗夫斯基，俄罗斯白银时代诗人。1908 年与古米廖夫、阿赫玛
托娃相识。他的创作直接影响了阿赫玛托娃和曼德里施塔姆。

我躺下来，等待着它，
那还未曾命名的痛苦。

1914 年 4 月
皇村

我不需要小小的幸福……

我不需要小小的幸福，
送走满足而又疲倦的丈夫
去会他的情人，
我哄着孩子上床入睡。

我要重回冰冷的房间
向着圣母祈祷……
这修女般的生活太难，太难了，
难得有一次欢笑。

只希望在火焰般的梦中，
我好像走进一座山间的教堂，
它有五个圆顶，通体洁白，石头筑成，
耸立在熟悉的小路旁。

1914 年 5 月

彼得堡

我们不要在森林中……

我们不要在森林中，再三高呼找寻，——
我不喜欢这样的玩笑……
可是你为什么不来安慰我
这颗备受创伤的良心？

你有另外的惦念，
你有其他的女人……
彼得堡的春天
注视着我干涩的眼睛。

这难以治愈的咳嗽，夜晚的高烧，
是对我论功行赏，欲置死地。
而涅瓦河被懒洋洋的水汽笼罩，
浮冰开始缓缓漂移。

1914 年春
彼得堡

致谢尔盖·苏杰伊金 ①

普通而严酷的日子平静前行，
我顺从地接受了一切变故。
在我记忆的宝库里
珍存着你的话语、动作和笑容。

1914 年春
彼得堡

---

① 谢尔盖·苏杰伊金（1882—1946），俄罗斯著名彩色写生画家，线条画
家，舞台美术家。1920 年移居巴黎，1922 年迁往纽约。

独居

这么多的石头向我砸来，

已经没有一块让我觉得可怕，

陷阱变成了一座结构严谨的塔楼，

傲然屹立于其他高楼之间。

我感谢它的建设者，

愿他们的关怀与忧伤逐日削减。

从这里我最早看到霞光，

在这里夕阳的余晖也绚丽辉煌。

北方大海吹来的风

一阵阵飞进我房间的窗口，

鸽子也来啄食我手中的麦粒……

而我尚未完成的一页诗篇——

会被缪斯褐色的手，

那只平静而轻盈的手，神奇地写完。

1914 年 6 月 6 日

斯列普涅沃

你本来可以少些梦见我……

你本来可以少些梦见我，
要知道我们经常见面，
但你忧郁，不安，温柔，
只是静坐于黑暗的圣殿。
你双唇的可爱奉承
比六翼天使的赞美还要甜蜜……
哦，在那里你不会混淆我的姓名，
不会发出叹息，像在这里。

1914 年 6 月 29 日

白夜

天空是可怕的苍白色，
而大地如同煤炭和花岗岩。
这枚枯瘦的月亮下，
已没有什么事物散发光线。

一个女人的声音，嘶哑而充满激情，
她不是在歌唱——是在叫，在喊。
我的上空不远是黑色的白杨
没有一片叶子沙沙作响。

是否为此我才吻了你，
是否为此我才爱着，备受痛苦，
为了现在平静而疲惫地想起你，
心中怀着深深的厌恶？

1914 年 6 月 7 日

斯列普涅沃

私奔

——致奥·亚·库兹明娜-卡拉瓦耶娃 ①

"要是我们能跑到天涯海角多好，
我亲爱的！"——"别出声……"
我们走下台阶，
喘息着，寻找着钥匙。

绕过那栋建筑，从前我们
曾在那里跳舞，畅饮美酒，
我们绕过元老院白色的廊柱，
如今那里漆黑，漆黑一片。

"你在干什么，简直是疯了！"
"不，我只是爱你！
这晚风——辽阔而纷乱，

---

① 奥·亚·库兹明娜-卡拉瓦耶娃，生年不详，1986 年死于巴黎，阿赫玛托娃的丈夫尼·古米廖夫的表侄女。

它会让这艘小船快乐无边！"

恐惧紧紧扼住了咽喉，
一只独木舟在黑暗中接纳了我们……
海缆浓烈的气味
烧灼着颤抖的鼻翼。

"请告诉我，也许你清楚：
我没睡着吧？这一切如同梦乡……"
只有船桨有节奏地拍打着
涅瓦河沉重的波浪。

黑暗的天空渐渐明亮，
有人在桥头冲着我们呼喊，
我用双手紧紧握住了
挂在胸前的十字架项链。

仿佛柔弱的小女孩，被你抱在怀里，
带着我远去，
我们要站在白色快艇的甲板上，
迎接不朽之日的曙光。

1914 年 6 月
斯列普涅沃

致我的姐妹

我走近了那片松林。
天气酷热，路途也不算短。
他掀开门帘，走出房门，
他的须发银白，全身明亮，温和。

这位先知注视着我，
低声说："修女啊！
不要嫉妒幸运者的成功，
那里也为你准备好了位置。

忘记父母的家园吧，
去模仿上天的百合。
你将疾病缠身，昏睡在麦秸上，
迎接幸福的死亡"。

想必，这位圣者会从修道小室听见，

在返回的途中，我一路歌唱，

唱着我无法言传的快乐，

那么多的惊奇，那么多的欢畅。

1914 年 7 月 8 日

达尔尼察

最好让我激情地唱起四句头歌谣……

最好让我激情地唱起四句头 ① 歌谣，
最好让你用嘶哑的手风琴奏起曲调，

趁着夜色，快去燕麦田边尽情拥抱，
哪怕把扎紧发辫的丝带也都丢掉。

最好让我把你的小宝宝摇晃着睡觉，
而你可以一昼夜把半个卢布省进腰包，

在追忆的日子，你要去墓地哀悼，
顺便也把上帝的白丁香观瞧。

1914 年 7 月 8 日

达尔尼察

---

① 四句头：俄罗斯民间喜闻乐见的一种对唱的歌谣形式，近似于我国的顺口溜、三句半。它大约形成于 19 世纪后 30 年。多为四句，且句句押韵或一三、二四句押韵，演唱时多以手风琴伴奏，一般为即兴之作，内容诙谐幽默。

古老的城市一片死寂……

古老的城市一片死寂，
我的行程漫无目的。
在自己的河流上，弗拉基米尔
把黑色的十字架举起。

那些喧哗的椴树和榆树
让花园里昏暗阴郁，
那些钻石般耀眼的星辰
向着上帝飞升而去。

在这里，就让我结束
自己牺牲和荣耀的道路吧。
伴我同行的，只有同样的你，
和我的爱情。

1914 年 7 月 8 日

基辅

在基辅至慧上帝教堂······

在基辅至慧上帝教堂，

我跪伏于供台前，向你发誓，

你的道路将是我的道路，

无论它怎样崎岖。

金色的天使们听见了，

还有雅罗斯拉夫，他躺在白色的灵柩中。

那些单纯的语言，仿佛鸽群，

如今正飞翔于阳光照耀的教堂金顶。

即使我身体虚弱，也会梦见圣像，

梦见那上面的九级台阶。

在索菲亚大教堂 ① 洪亮的钟鸣里

我也会听见你激动不安的声音。

1914 年 7 月 8 日

---

① 圣索菲亚大教堂：建于 1017 年或 1037 年，教堂长 37 米，宽 55 米，高 29 米是智者雅罗斯拉夫为庆祝古罗斯军队战胜突厥佩切涅格人和颂扬基督教而修建的。"索菲亚"是希腊语"智慧"的意思。该教堂建成后，很快成为基辅罗斯的宗教、政治和文化中心。

右边是第聂伯河，左边是槭树林……

右边是第聂伯河，左边是槭树林，
天空的高处充满暖意。
这一天，草木葱茏，凉爽怡人，
我来到了这里。

没有背行囊，也没有带孩子，
甚至没有拿手杖，
只有温柔的忧愁，它那响亮的声音
陪伴在我的身旁。

那些蜜蜂慢悠悠地
在硕大的花朵间飞来飞去，
那些女朝圣者也为蔚蓝的苍穹
惊讶不已。

1914 年 7 月 8 日（？）

基辅

1910 年代

在喀山或是沃尔科夫……

在喀山或是沃尔科夫地区
时间前来收买土地。
啊！北方丝绸般的天空下，
可以如此轻盈，如此凉爽地睡去。

新桥还没有修建好，
冬天也还没有返回，
锦缎的流苏
此时盖住我的手臂。

什么都不会打破我的快乐，
我也不会招呼谁来这里。
在新挖出的壕沟中，我要一个人
布置好新居。

1914 年 7 月 8 日
斯列普涅沃

遗嘱

请让我的女继承者享有充分权利，
住我的房子，唱我谱写的歌曲。
像我一样，力量缓慢地减弱，
像我一样，受尽折磨的胸膛渴望着空气。

我友人的爱意，我仇人的敌视，
我繁茂的花园中的黄玫瑰，
以及情人炽热的柔情——黎明的预言者啊，
所有这一切我都赠给你。

我要赞美，我因何而生，
为何我的星辰，如同旋风，突然升起
而今又坠落在地。看吧，它的陨落
预示着你的灵感，爱情与权力。

请你爱护我丰厚的遗产，

你将活得长久，享有尊严。

一切将会如此。你看，我是多么平静。

你会生活幸福，但请不要把我忘记。

1914 年 7 月 13 日

斯列普涅沃

整整一年你和我形影不离……
——致尼·弗·涅多波拉瓦 ①

整整一年你和我形影不离，
你一如从前，那样快乐和年轻！
对痛苦的心弦吟唱的混乱歌曲，
难道你不觉得疲惫不堪，——

先前，它们绷得紧紧，发出尖响，
可如今只是轻轻地浅吟低唱，
我的手指蜡黄干涩，毫无目的地
撕扯拨弄着它们……

不错，对于温柔、崇高地爱着的人，
幸福实在太少，

---

① 尼·弗·涅多波拉瓦（1882—1919），俄罗斯诗人，评论家，他较早写
文章高度评价阿赫玛托娃的诗歌。他对阿赫玛托娃影响很大。生前未出
版著作，去世后的 1923 年，出版了他的悲剧诗《犹迪传》。

不管是妒忌，愤怒，还是不幸，
都不会触及年轻的额头。

他平静，温和，连爱抚都不请求，
只是久久地凝视着我
怡然自得地微笑，忍受着
我昏睡中可怕的呓语。

1914 年 7 月 13 日
斯列普涅沃

你如此浓重，爱情的记忆……

你如此浓重，爱情的记忆！
我只能在你的烟雾中歌唱和燃烧，
而对于别人——你却是火焰，
可以温暖冷却的心灵。

为了温暖厌倦的身体，
它需要我的泪水……
上帝啊，莫非为此我才不时歌唱，
莫非为此我才意乱情迷！

让我来饮下这副毒药，
变成一名哑女，
并用突然闪现的忘却洗掉
我可耻的荣誉。

1914 年 7 月 18 日
斯列普涅沃

她走近了。我没有流露出不安……①

她走近了。我没有流露出不安，
只是冷漠地凝望着窗外。
她坐下来，仿佛一尊瓷制偶像，
摆出早已选好的姿态。

让她快乐无比——理所当然，
让她体贴入微——这却比较困难……
或许度过了三月芬芳的夜晚
又被慵懒所纠缠？

絮絮叨叨的说话声令人厌倦，
黄色吊灯散发出死气沉沉的光线，
在轻盈的举起的手指间，
精致的餐具银光闪闪。

---

① 这首诗也是阿赫玛托娃以男子的口吻写下的。

交谈者又是微微一笑，
满怀希望地凝视着她的脸……
我的幸运而富有的继承者啊，
请你读一读我的遗言。

1914 年 7 月 19 日
斯列普涅沃

我不会乞求你的爱情……

我不会乞求你的爱情。

它如今放在可靠的地方。

相信吧，我不会给你的新娘

写去醋意十足的书信。

但请接受我英明的建议：

让她读一读我的诗歌，

让她保存好我的相片，——

新郎官们都是如此可爱！

较之友好的幸福交谈

和最初温情时光的记忆，

这些愚蠢的女人更需要

感觉到全面的胜利……

当你与自己的爱侣一起生活

幸福的感觉所剩无几

而对于腻烦的心灵

一切都立刻变得令人厌恶——

在我的庆祝晚会上
请你不要来。我不认识你。
我对你又能有什么帮助？
我不能把你的幸福治愈。

1914 年 7 月 20 日
斯列普涅沃

1914 年 7 月

1

焚烧后的森林散发着烟气。干燥的泥炭
在沼泽地燃烧了四个星期。
甚至今天小鸟们也不再歌唱，
连白杨树也不再颤栗。

太阳也得不到上帝的赏识，
从复活节那天就没下过一场小雨。
一个独腿的男人路过，
他站在院子中，自言自语：

"可怕的日期正在逼近。大地上
很快会挤满新坟。
你们都等着吧：饥饿，地震，瘟疫，
日食和月食将接连来临。

只是仇敌为了自己寻欢作乐，
不会分割我们的领土；
在巨大的苦难之上，圣母将
盖上一块白色的裹尸布。"

1914 年 7 月 11—20 日

2

刺柏甜蜜的气息
从燃烧的森林中向外飘散。
士兵的妻子对着孩子低泣，
寡妇的哀号在乡村上空回旋。

那些祈祷的仪式并非徒劳，
大地也渴盼着一场大雨：
被践踏的田野暖融融地
覆盖了一层红色的液体。

空旷的天空压得很低，很低，
祈祷的声音那样纤细：

"他们伤害你的圣体，

他们会抽签争夺你的法衣。"

1914 年 7 月 20 日

斯列普涅沃

白房子

冰冷的太阳。军队从阅兵场
络绎不绝地走出来。
我喜欢这一月的正午，
内心的不安渐渐轻松。

我记得这里的每一根枝条，
和每一个侧影。
透过青霜白色的网孔，
闪烁着深红色的光芒。

这里的房子几乎都是白色，
有玻璃围起的门廊。
多少次我抬起死灰色的手指
把门环的铃声叩响。

多少次啊……玩耍吧，士兵们，

而我找到了自己的家。

凭借着倾斜的屋顶，

和不死的常春藤，我认出了它。

然而，是谁悄悄把它移动，

把它搬到陌生的城市

或者从记忆深处

把一条道路永远地引向那里⋯⋯

远处的风笛声已然停息，

雪花飞舞，仿佛樱桃花瓣⋯⋯

显然，谁也不知道，

那栋白房子早已消失在人间。

1914 年 7 月

斯列普涅沃

我看见，看见一弯月亮……

我看见，看见一弯月亮
穿过茂密的爆竹柳的叶片，
我听见，听见没钉掌的马蹄
均匀的敲击声响。

怎么了？你也不想睡去，
一年了你都无法把我遗忘，
你已经不习惯
自己空空荡荡的睡床？

是我在和你说话吗，
用那些恶鸟般尖厉的叫声，
是我在凝视你的眼睛吗，
从那些苍白、暗淡的书页之上？

为什么你徘徊着，像一个窃贼，

徘徊在寂静的楼下？
或许你记得我们之间的约定
你是在等待我的出现吗？

我要睡了。在窒闷的昏暗中
月亮投下利刃。
敲打声又起。这声音就像
我温暖的心脏在跳动。

1914 年 7 月
斯列普涅沃

人们悄无声息地在房子里走动……

人们悄无声息地在房子里走动，
已经没什么值得期待。
他们把我带到病人的面前，
我已经认不出他来。

他说了句："现在好了，感谢上帝，"——
又变得若有所思。
"我早该上路了，
只是一直在等着你。

在梦魇中你使我激动不安，
你说的那些话我都会珍重。
请告诉：你能原谅我吗？"
我说："能。"

我仿佛看到，从地面到天花板

整个墙壁都闪烁着光芒。
一只干瘦的手
躺在丝绸的被子上。

那投到墙上的可怕的侧影
显得沉重而粗暴，
那咬破的暗淡的嘴唇中
再也听不到一声喘息。

可是，突然最后一丝力气
在蓝色的眼睛里闪烁光芒：
"真好，你放我走了，
你并非总是这样善良。"

他的面庞变得年轻了一些，
我又认出了他，
我说："啊，上帝，
请接受你的奴隶。"

1914 年 7 月

斯列普涅沃

它成了我安乐的摇篮……

它成了我安乐的摇篮，

——这座阴暗城市，坐落在严酷的江边，

它成了我隆重的婚礼的喜床，

你年轻的六翼天使们，——

在上面放置了花环，

这个城市，我用痛苦的爱深深依恋。

你曾是我祈祷的供台，

严厉，平静，烟雾缭绕。

在这里你让我与未婚夫初次相见，

他为我指明了灿烂的前程，

而我忧伤的缪斯，

引领着我，像搀扶着一个盲人。

1914 年 7 月

斯列普涅沃

空洞的天空仿佛透明的玻璃……

空洞的天空仿佛透明的玻璃，
那栋灰白的建筑是庞大的监狱，
还有举着十字架高唱圣歌游行的队列，
明亮地闪耀在浅蓝的沃尔霍夫上空。

九月的旋风，吹落白桦树的叶片，
它在枝桠间呼啸不止，往来奔窜，
而这座城市清楚记得自己的命运：
马尔珐 ① 曾在此统治，阿拉克切耶夫 ② 也曾在此
　　专权。

1914 年 9 月
诺夫格罗德

———————

① 马尔珐（1664—1715），俄罗斯女沙皇，沙皇费多尔·阿列克谢耶维奇
的第二位妻子。只在位 71 天。
② 阿拉克切耶夫（1769—1834），俄罗斯国务活动家，伯爵，将军。在亚
历山大一世统治时，曾任陆军大臣，推行残暴的军警统治制度。

上帝的使者，在冬天的早晨……

上帝的使者，在冬天的早晨
秘密为我们订了婚，
而他不会从我们无忧无虑的生活中
移开那双变得暗淡的眼睛。

因此我们爱着天空，
爱着细弱的空气，清新的微风，
爱着生铁的栅栏后面
那些黑黝黝的树丛。

因此我们爱着这森严的，
水流环绕的昏暗城市，
爱着我们的别离，
和那些短暂的相逢。

1914 年 9 月
彼得堡

安慰

> 在那里米哈伊尔·阿尔西斯特拉基戈 ①
>
> 把他编入了自己的军队。
>
> ——尼·古米廖夫

你再不会从他那里得到音信，

你再不会听到关于他的任何消息。

在火焰弥漫、沉痛不堪的波兰，

你也不会找到他的墓地。

但愿你的灵魂变得安详，平静，

已不会再有任何失去：

他是上天军队中的一名新战士，

---

① 引用的诗句选自阿赫玛托娃的丈夫古米廖夫的《非洲叙事诗》。米哈伊
尔·阿尔西斯特拉基戈：即通常所称的天使米哈伊尔·阿尔汉格尔。
阿尔西斯特拉基戈，按希腊语的意思是指最高军事统帅。他效忠于上
帝，率领天使们打败了撒旦和恶魔。他被认为是为正义而战的军人的保
护神。

如今再不必为他忧虑。

可以负罪地痛哭，负罪地备受折磨，
在亲爱的故乡的房子里。
想想吧，如今你可以
为自己的庇护者虔诚祈祷。

1914 年 9 月
皇村

他曾嫉妒，慌乱而温情……

他曾嫉妒，慌乱而温情，
仿佛神圣的太阳，爱过我，
可他杀死了我洁白的小鸟，
为了让它不再唱起往事之歌。

日落时分他走进房间，说道：
"爱我吧，来，写下你的诗行！"
我把这只快活的小鸟
葬在了老赤杨下的圆井旁。

我向他保证，我不会哭，
我的心变得比石头还坚硬，
可总是好像到处
都能听见它甜蜜的歌声。

1914 年秋

这些花朵，有来自露水……

这些花朵，有来自露水
和临近秋天的清凉气息，
我为自己蓬松、炽热的发辫，采撷它们，
对于枯萎，它们还一无所知。

在树脂般闷热的夜晚，
它们缠绕着甜美的秘密，
它们呼吸着春天般
非凡的美丽。

在声音与火焰的激流中，
它们从光洁的头顶，飞舞着，
坠落下来，散发着隐隐的芬芳——
眼见着死去。

我为这忠实的忧愁所感动，

温顺的视线，抚慰着它们，——
爱情伸出恭敬的手指
收集起它们腐烂的尸体。

1914 年 12 月

修道院墙边响起傍晚的丁当声……

修道院墙边响起傍晚的丁当声，
如同大自然敲着祈祷前的钟……
灰翅膀的晚霞，向着黯淡的水面
垂下苍白的面孔。

远方的草地上，那些白色的小船
被冥间的阴影陪伴……
这是痛苦思索的时间，啊，这是
月光映照下失望的时间！

1914 年 12 月

尘世的荣誉如同烟尘……

尘世的荣誉如同烟尘，
并非我所希求。
为我所有爱恋的人
我都曾带来幸福。
如今一个还健在，
正热恋着自己的女友，
而另一位成了铜像
站在风雪交加的广场上。

1914 年冬（12 月）

因为我颂扬了罪孽……

因为我颂扬了罪孽，
贪婪地赞美了叛节者，
我便从深夜的天空
坠落到了这片干旱的原野。

我站起身。走向一栋
陌生的房子，它自己随后关闭，
从七月的原野，我带回了
痛苦而不祥的倦意。

我成了一个孩子的母亲，
成了那位歌唱者的妻子。
然而，高处的风暴尾随而至，
愤怒而嘶哑地朝我打着呼哨。

1914 年

我对谁偶尔说起过……

我对谁偶尔说起过，

为何我没有远离人群，

儿子被苦役虐待致死，

我的缪斯也被鞭打而亡。

我对所有世人都有罪——

那死去的，将来的，和在世的人们。

在疯人院的病房中

我辗转反侧——这伟大的荣光。

人们不知给谁抬来黄色的棺椁，

那幸运的人将与上帝同在，

而我关心的事情不多，

只是我尘世狭窄的栖身之所。

1914 年

成功离我飞去……

成功离我飞去，
它用鹰隼似的目光凝望了一下
我因哭泣而失色的面庞，
还有我胸口上，红宝石般的创伤。

1914 年

就是那人，亲手赠予我齐特拉琴 ^①……

……就是那人，亲手赠矛我齐特拉琴，

在尘世神奇的宁静中，

就是那人，从空中往你的调色板上

抛下了彩虹。

1914 年

---

① 齐特拉琴，是奥地利一种平置的弦鸣乐器，琴身木制，椭圆形，有 45
根金属弦，其中 5 根为主奏弦，其余 40 根用于伴奏。

你是第一位，站立在源泉边……

——致亚·勃洛克

你是第一位，站立在源泉边，
面带无声而冷漠的微笑。
空茫的眼神折磨着我们，
你的眼神沉重——像猫头鹰。

但是恐怖的年代终将逝去，
你会很快重新变得年轻，
而我们将为你保存好
那短暂的神秘的寒冷。

1914 年

1950—60 年代

1914—1916

I

离别神圣的故乡小树林，离别
家园，哀泣的缪斯在此痛苦不堪，
我，安静，快乐，生活在
低矮的小岛上，它像一只木筏，
停泊于涅瓦河松软的三角洲里。
啊，那些冬天神秘的日子，
可爱的劳作，轻微的疲倦，
玫瑰花插于洗净的高水罐！
那条小巷被冰雪覆盖，不算太深。
祭坛墙壁的对面
圣叶卡捷琳娜教堂即将竣工。
我早早出了家门，
常常沿着没人经过的雪地行走，
在洁白干净的地方
徒劳地寻找自己昨日的脚印，

顺着河流，那些桅船像鸽子，
温柔地相互依偎，
我思念春天来临前的灰色海滨
时常走向那座古老的大桥。
那里有个房间，像小小的鸟笼，
在肮脏而嘈杂的房檐下，
他像一只黄雀，吹着口哨站在画架前，
快活地抱怨，或忧郁地
述说着未曾有过的快乐。
如同在照镜子，我不安地看着
灰色的画布，每一个星期
崭新的画像都伤心而可怕地
越来越与我的模样相似。
现在我不知道，可爱的画家去了哪里，
我和他从蓝色的顶楼
穿过窗子走到了屋顶
为了能够看到雪，涅瓦河与云朵，——
沿着房檐走在死亡的深渊上。
但我能感觉到，我们的缪斯很和睦，
享受着无忧无虑而迷人的友谊，
如同还不知道爱情的那些少女。

1914—1915 年（3 月）

Ⅱ

天光渐暗，在深蓝色的天空中，

不久以前，耶路撒冷的寺院

也曾闪耀这样神秘瑰丽的光芒，

只有两颗星星亮在枝条交错的上空，

雪花飞舞，不知从天上何处而来

却仿佛是从大地向上蒸腾，

那么懒散，小心，脉脉含情。

那一天，我曾有过一次可怕的出行。

我走出家门，万物和人脸上透明的反光

刺痛了我的眼睛，

仿佛到处撒满了红黄相间的

娇小玫瑰的花瓣，

我忘却了这种玫瑰的名字。

无风，干燥而又严寒的空气

把每一种声音都抚慰和保存，

我觉得：不存在寂静。

大桥上，透过生锈的栏杆

孩子们伸出戴着手套的小手，

喂着五颜六色的贪婪的野鸭，

它们在黑漆漆的冰窟窿里嬉戏。

我想，让我最终有一天

把这些忘记，根本不可能。

如果一条艰难的道路摆在我的面前，

一件轻松的包裹，随身携带，

是我力所能及，即便到了老年，病中，

也许，生活贫困——也将回忆起

这黄昏的晚照，饱满的

精神力量，可爱的生活的无穷魅力。

1914—1916 年

1940 年（6 月）

在空荡荡的住宅里，冻结的屋顶下……

在空荡荡的住宅里，冻结的屋顶下
我不去计算死去的日子，
我在读《使徒行传》，
我在读圣歌作者的诗句。
星辰变得幽蓝，霜雪变得柔软，
每一次相见都化作奇迹，——
一枚红色的槭树叶
夹在《圣经》的《雅歌》里……

1915 年 1 月

皇村

给心爱的人

请不要向我派来鸽子，
不要给我写烦人的书信，
也别让三月的微风迎面吹送。
昨天我步入了绿色的天堂，
在绿荫如盖的白杨树下，
我的身体和灵魂都得到了安宁。

从这里我看得见市镇，
看得见宫殿旁的岗哨和兵营，
还有冰面上中国式的黄色小桥。
你等了我两个多小时——打着寒战，
你不能离开台阶，
你惊奇地看见，那么多新星在天空闪现。

我像灰色的松鼠跳上赤杨，
像受到惊吓的燕子匆匆飞过，

我会把你称作天鹅，
希望未婚夫不再恐惧，
在蓝色飞旋的暴风雪中
等候死去的未婚妻。

1915 年 2 月 27 日
皇村

一只受伤的灰鹤……

一只受伤的灰鹤
被同伴们这样呼唤：咕尔，咕尔！
那时候秋日的原野
正好既松软，又温暖……

而我，在生病，也听见这召唤，
从浓厚低矮的云层
和茂密的芦苇荡中，
传来金色翅膀的拍击声：

"该飞走了，该飞走了，
一起掠过田野与河流的上空，
因为你已经无法歌唱，
甚至用软弱无力的手擦去
面颊上的泪水都不可能。"

1915 年 2 月
皇村

梦

我知道，我正走进你的梦境，
因此再也无法入眠。
浑浊的路灯变为蓝色，
一条小路为我向前伸展。

你梦见了皇后的花园，
梦见神奇而洁白的宫殿，
还有黑色花纹的院墙，
紧靠在回声很响的石廊边。

你走着，迷失了方向，
心里只想着："快些呀，快，
哦，最好快些找到她，
千万别在与她相见前醒来。"

而哨兵守卫在红色的大门前：

"往哪去！"他冲你叫喊。
冰层咯吱作响，骤然断裂，
变黑的湖水在脚下流转。

"这是一片湖泊，"你心中暗想，
"湖里有一座小岛⋯⋯"
突然在暗夜的深处
你看见一粒幽蓝的星光。

在穷困的日子，残酷的光线下，
你忽然呻吟着苏醒，
你平生第一次
大声呼唤着我的姓名。

1915 年 3 月 15 日
皇村

我停止了微笑……

我停止了微笑，
寒风吹凉了嘴唇，
一个希望变少了，
会多出来一首歌。
在嘲笑与咒骂声中，
我被迫把它献出，
因为，爱情的沉默使心灵
难以忍受地疼痛。

1915 年 3 月 17 日
皇村

我从你的记忆中抽取这一天……[1]

我从你的记忆中抽取这一天，

为了询问你无助而迷茫的眼神：

我在哪里看到过波斯的丁香，

看到过燕子，木头小房？

哦，你将如何时常想起

未命名的愿望的突然悲伤，

如何在陷入沉思的城市中寻觅

那条地图上并不存在的街道！

当读到每一封偶然的来信，

当听到敞开的大门后传出的声音，

你就会想："哦，这是她来了，

---

[1] 这首诗阿赫玛托娃是以男性的口吻写成。

来帮助恢复我的信心。"

1915 年 4 月 4 日

彼得堡

大家都以为：我们是乞丐，一无所有……

大家都以为：我们是乞丐，一无所有，

而为何一个接一个地消失，

把每一天都变成了

追悼的日子，——

我们开始谱写歌曲，

赞美上帝伟大的慷慨，

和我们从前的富裕。

1915 年 4 月 12 日

彼得堡，圣三一桥

密友之中有一张朝夕思慕的面容……

—— 致尼·弗·涅多波拉瓦

密友之中有一张朝夕思慕的面容，
热恋和激情，都不能超越它，——
即使唇吻在可怕的寂静中融合，
即使心儿为爱情一片片破碎。

什么友谊，什么崇高而炽烈的幸福岁月，
在此刻都显得无能为力，
当灵魂自由自在，对淫欲的
迟缓慵懒格格不入。

那些追求她的人神魂颠倒，
而得到她的人——郁郁寡欢……
如今你明白了，为何我的心
在你的手指轻抚下没有丝毫的震颤。

1915 年 5 月 2 日

彼得格勒

我亲自选择了命运……

我亲自选择了命运，
为我心灵的朋友：
而在报喜节 ①
我还给了他自由。
那只瓦灰色的鸽子飞了回来，
用翅膀拍打着玻璃窗。
仿佛因华丽的法衣 ② 的光辉，
房间里也变得分外明亮。

1915 年 5 月 4 日

彼得堡

---

① 俄罗斯东正教节日，在每年的 4 月 7 日。在这一天，俄罗斯人通常会放生小鸟。
② 东正教的神甫在举行祈祷仪式时所穿的礼服。

祈祷

请赐给我病痛的艰苦岁月，
赐给我窒息、失眠和高烧，
请夺走我的孩子，我的朋友，
还有我歌唱的神秘天分——
在经历那么多沉重的日子后，
我跟随你的弥撒这样祈祷，
祝愿黑暗的俄罗斯上空的乌云
化作白云，为光芒所照耀。

1915 年 5 月 11 日（圣灵节）
彼得堡。特罗茨基大桥

他久久走着，穿过原野和乡村……

他久久走着，穿过原野和乡村，
边走边向人们问询：
"她在哪里，快乐的光明在哪里？
她的眼睛——犹如灰色的星辰。

瞧，火焰已然暗淡，春天
最后的日子已经来临。
我总是时常梦见她，那些关于她的梦境
越来越温情迷人！"

他来到了我们阴沉的城市，
在黄昏前的宁静时分，
他心中怀念着威尼斯
和瘟疫肆虐的伦敦。

他站在阴暗高耸的教堂旁，

踏上台阶，跳上闪烁光芒的花岗岩，
他默默祈祷，渴望与自己最初的快乐
早日相见。

而在那供桌黝黑的金器上空，
上帝之光的花园渐渐明亮：
"她在这里，快乐的光明在这里
她的眼睛——犹如灰色的星辰。"

1915 年 5 月

彼得堡

我将静静地躺在乡村墓地……

我将静静地躺在乡村墓地，
躺在橡木棺材中长眠，
亲爱的，你会在礼拜天
奔跑着来看望妈妈——
你趟过小河，爬过山岗，
连大人们都追赶不上，
我敏锐的孩子，从远方，
你就能认出我的十字架。
亲爱的，我知道，
你只能依稀地想起我：
既没打骂过，也没爱抚过，
也没有带你去参加过圣餐礼。

1915 年 5 月
彼得堡

春天来临前总会有这样的日子……

——致娜.格.楚尔科娃 ①

春天来临前总会有这样的日子：

草地在厚实的积雪下歇息，

快乐而干燥的树木在喧哗，

温暖的春风变得温柔而有力。

身体惊诧于自己的轻盈，

甚至你都认不出自己的家，

而那首歌曲，先前已然厌倦，

如今却像新的，你重新激动地唱起。

1915 年春

皇村

---

① 娜·格·楚尔科娃（1874—1961），俄罗斯诗人、作家格·伊·楚尔科
　夫（1879—1939）的妻子。

傍晚的光线金黄而辽远……

傍晚的光线金黄而辽远，
四月的清爽如此柔情。
你迟到了许多年，
可我依然为你的到来而高兴。

请来坐到我的身边，
用你快乐的眼睛细看：
这本蓝色的练习册——
上面写满我少年的诗篇。

请原谅，我生活的不幸
我很少为阳光而快乐。
请原谅，原谅我，为了你
我接受的东西实在太多。

1915 年春
皇村

我们要在一起，亲爱的，在一起……

我们要在一起，亲爱的，在一起，

众人都知道，我们相亲相近，

那些狡猾的嘲讽，

如同远方的铃声，

并不能让我们难过，

也不能使我们伤心。

我们在哪里结的婚——已无法想起，

而这座教堂闪烁着

疯狂的光辉，

只有天使们洁白的翅膀

才会带来如此的光芒。

如今正是这样的时刻，

可怕的年代，可怕的城市。

怎么能让我们彼此分离

让你和我，我和你？

1915 年春

彼得堡

语言的新鲜和感情的纯朴⋯⋯

语言的新鲜和感情的纯朴
我们一旦失去，是否像画家失去视力，
像演员失去嗓音和动作，
抑或像绝色的女子——失去美丽？

但是请不要试图为自己保存
上天对你的赐予：
这注定——我们心里也明白——
我们应该挥霍，而不是积蓄。

请独自前行吧，去医治失明的人们，
为了在心生疑虑的艰难时刻，
认清学生们幸灾乐祸的嘲弄，
以及众人的冷漠。

1915 年 6 月 23 日

斯列普涅沃

在某个地方总会有一种普通的生活……

在某个地方总会有一种普通的生活，
总会有透明、温暖、快乐的光线……
在那里，邻居与姑娘隔着篱笆
黄昏中交谈，只有蜜蜂能听见
话语中的情意绵绵。

我们严肃而艰难地生活，
却尊重痛苦约会时的惯例，
那时一阵轻率的风儿吹过
就几乎吹断刚刚开始的话语。

无论用什么我们都不会交换，
这座光荣与苦难交织、花岗岩打造的华丽之城，
它宽阔的河面，冰霜闪闪，
它绿荫蔽日的花园，光线昏暗，
还有那缪斯的声音，隐约可以听见。

1915 年 6 月 23 日
斯列普涅沃

不，王子，我不是你……

不，王子，我不是你
希望看到的那个人，
我的双唇也早已
用来预言，而不是接吻。

请不要以为，我是被思念
折磨得胡言乱语，
我冲着不幸大声地叫喊：
这就是我的手艺。

而我能够学会一切，
为了那意外事情的发生，
如何让一眨眼爱上的人，
永远都会对我言听计从。

你想得到荣耀？——那么就请

向我来咨询，

这——仅仅是个陷阱，

那里既没有快乐，也没有光明。

好啦，现在请回家去吧，

并忘记我们的相逢，

而为了你的过失，亲爱的，

让我来承受上帝的报应。

1915 年 7 月 10 日

斯列普涅沃

他没有辱骂我，也没有赞美我……

他没有辱骂我，也没有赞美我，
像朋友，或者像敌人。
他只是把灵魂留给了我，
对我说："好好把它珍存。"

只有一件事让我不安：
如果他现在死去，
上帝的天使长会来我这儿
取走他的灵魂。

到时候让我如何把它藏起，
如何瞒得过上帝？
它，这样歌唱，这样哭泣，
本应回到上帝的天堂里。

1915 年 7 月 12 日
斯列普涅沃

为什么你时而佯装成……

为什么你时而佯装成
微风，石头，时而佯装成小鸟？
为什么你要变成意外的闪电
从天空对着我微笑？

别再折磨我，别再碰我！
就让我专注于世俗的生活……
像那醉醺醺的火焰
摇摆于干涸灰暗的沼泽。

缪斯蒙着破烂的头巾，
拖长了声音，凄凉地歌唱。
在这残酷而年轻的寂寞里
充满了她神奇的力量。

1915 年 7 月
斯列普涅沃

我曾多少次诅咒……

我曾多少次诅咒

这片天空，这片大地，

还有那长满青苔的磨坊

沉重挥动着的手臂！

厢房里停放着死者，

他身子僵直，白发苍苍，躺在条凳上。

如同三年前一样。

老鼠还是那样啃啮着书本，

硬脂蜡烛还是那样

向左倾斜着火焰。

下诺夫格罗德市的那口讨厌的大钟

敲击着，鸣响着，

唱着一支单调的歌，

唱着我苦涩的快乐。

而那些五颜六色的大丽花

突然鲜明地绽放，

沿着那条白银色的小路，
到处是蜗牛和艾蒿。
出现了如此结局：幽禁之地
成为了我的第二个故乡，
可对我的第一个故乡却不敢
在祈祷时想起。

1915 年 7 月
斯列普涅沃

我不知道，你是生是死……

我不知道，你是生是死，——
大地之上可以找到你
或者只在夜间的思绪里
清醒地哀悼你的逝去。

这一切都献给你：白昼的祈祷，
失眠时麻木的高烧，
我诗歌的白色鸟群，
我眼睛里的蓝色火苗。

谁也不曾占据我的内心，
谁也不曾使我备受煎熬，
甚至那个因痛苦背叛我的人，
甚至那个宠爱并忘却我的人。

1915 年 7 月
斯列普涅沃

上天对那些割麦人和园丁太不仁慈……

上天对那些割麦人和园丁太不仁慈。
倾斜的雨水泼洒下来，清脆喧响，
宽大的雨衣使倒映在水中的天空
变得五彩缤纷。

草场和田地都淹没于水下的王国，
而自由的琴弦在歌唱，歌唱，
李子于肿胀的枝头慢慢破裂，
倒伏的野草渐渐腐烂。

透过细密的雨水的栅栏
我看见你那可爱的面庞，
静寂的公园，中国式凉亭
和圆形台阶的楼房。

1915 年夏
皇村

如同未婚妻，每天黄昏……

——致尼·弗·涅多波拉瓦

如同未婚妻，每天黄昏
我都会收到一封信。
稍晚的深夜我将回复
我的友人。

"我正走在黑暗的路上
去白色的死神家做客。
我温柔的人啊，请不要
在世间对任何人作恶。"

两根树枝之间
亮着一颗硕大的星星，
它如此平静地承诺

实现我所有的美梦。

1915 年 10 月

许温凯 ①

---

① 许温凯（Hyvinkää）是距离赫尔辛基 50 公里的一座小镇，镇上有铁道
博物馆。

我总是梦见山峦起伏的巴甫洛夫斯克……

——致尼·弗·涅多波拉瓦

我总是梦见山峦起伏的巴甫洛夫斯克[①]，

那圆形的草坪，宁静的湖水，

它的异常懒散，绿荫遍布，

让我永远都不能忘记。

当你乘车驶入那铸铁的城门，

愉悦的战栗就流遍全身，

你不是在生活，而是在狂欢，迷恋，

或完全按另外的方式生活。

晚秋时节，清新刺骨的凉风

喜欢四下无人，在那里到处游荡，

---

① 巴甫洛夫斯克，位于俄罗斯沃罗涅日州中部，州府沃罗涅日以南 234 公
里的顿河左岸。1779 年设市。18 世纪后期，该市失去了其重要地位，
并开始衰退。

黝黑的云杉覆盖着洁白的霜花

伫立在渐渐消融的雪地上。

那美妙的嗓音充满炽烈的呓语，

仿佛歌声在空中回荡，

一只红色胸脯的小鸟

栖息在基萨拉琴 ① 手青铜的肩膀上。

1915 年秋

皇村

---

① 基萨拉琴，古希腊人使用的拨弦乐器叫里尔琴（Lyra），又称基萨拉琴
（Kithara），起源于美索不达米亚，但传到希腊特别受欢迎，竟成为希腊
最民族化的乐器。基萨拉琴手，这里指希腊神话中掌管爱与美的阿波
罗神。

缪斯沿着一条小路离去……

缪斯沿着一条小路离去，

这条秋天的小路，狭窄，陡峭，

她黝黑的双脚上

溅满了大颗的露珠。

我久久地向她乞求，

请她和我一起等候冬季。

她却说："你要知道，这里是坟墓，

你怎么还能够呼吸？"

我想送她一只鸽子，

这只鸽子在鸽群中洁白无比，

但小鸟自己飞起来，

追随我美丽的客人而去。

望着她的背影，我默默无言，

我只爱过她一个人，

天空中霞光灿烂，

仿佛通向她的王国的大门。

1915 年 12 月 15 日

皇村

那个八月，如同黄色的火焰……

那个八月，如同黄色的火焰，
冲破一阵阵浓烟，
那个八月，升起在我们的上空，
仿佛火红色的六翼天使。

我们二人——战士和少女——
在严寒的清晨
从寂静的卡累利阿大地上
走进这悲痛与愤怒的城市。

我们的首都究竟遭遇了什么，
是谁把太阳拖向大地？
那军旗上的黑色老鹰
仿佛一只大鸟在展开羽翼。

这座接受豪华检阅的城市

变成了粗野的集中营，
长矛和枪刺的反光
照瞎了行人的眼睛。

回声隆隆的凯旋大桥上
灰色的大炮在轰响，
而在幽秘的夏花园里
椴树还是绿意浓浓。

这位兄弟告诉我："对我来说
伟大的日子来临。
现在请你把我们的忧伤和喜悦
一个人好好保存。"

他就像把自己家的钥匙
留给女主人，
而东风赞美着伏尔加河沿岸
那些草原上的针茅。

　　　　　　　　1915 年 12 月 20 日

你的两只手掌滚烫……

"你的两只手掌滚烫，

耳中是复活节的喧响，

你，像神圣的安东尼，①

拥有预见未来的目光。"

"在圣洁的日子里

这一天为何突然侵入，

如同疯狂的玛格达琳娜 ②

那浓密的乱发。"

"只有孩子们喜欢这样，

对于他们这可是第一次。"

——"平静的目光

---

① 圣安东尼（约251—356），罗马帝国时期的埃及基督徒，是基督徒隐修
   生活的先驱，也是沙漠教父的著名领袖。
② 玛格达琳娜，指悔过自新的女人，悔悟失足的女人。

有超乎世界上一切的力量。"

"那是魔鬼的圈套，

不洁的忧郁。"

——"她的手臂

比世上所有人的都要白皙。"

1915 年

皇村

摇篮曲

在遥远的大森林里，

在蔚蓝的大河岸边，

有栋小木屋，低矮又阴暗，

樵夫和孩子，生活真可怜。

小儿子长得个头小，只有拇指那么高，

怎么把你哄，怎么逗你笑，

我不是一个好母亲，

睡吧，静静地睡吧，我的小宝宝。

我们的家与世隔绝，

很少听到外面的音信，

人们把一个白色十字架

送给了你的父亲。

过去和将来，我们受的苦，

无穷又无尽，

但愿圣人叶戈里 ①

好好保佑你的父亲。

1915 年

皇村

<hr />

① 圣人叶戈里，又称圣格奥尔基，圣乔治。传说生于公元 260 年前后，巴
勒斯坦人，罗马骑兵军官。他骁勇善战，屡建奇功。公元 303 年，在一
次阻止基督徒受迫害时被杀，年仅 43 岁。公元 494 年，为教皇格拉修
一世封圣。"圣乔治屠龙救少女"的传说，影响深远。

你要活下去，不谙苦难……

你要活下去，不谙苦难，
要照管与评判，
要和自己安静的女友
把儿子们抚养成人。

你将诸事如意，
荣誉加身，
你不会知道，我因哭泣
无法把日子计算。

许多像我们一样无家可归的人，
我们最后的力量源于那里——
为了盲目而忧郁的我们，
上帝的房子一片光明，

为了俯身跪拜的我们，

祭坛的火光明亮，

我们的声音

向着上帝的圣座飞翔。

1915 年

不是秘密，不是忧伤……

不是秘密，不是忧伤，
也不是英明决定的命运——
这一次次相会总留给我
斗争的印象。

我，从清晨便猜中这一刻，
当你走进我的房间，
我感到弯曲的双臂
针刺般微微的战栗。

我用干瘦的手指
揉皱了花花绿绿的桌布……
当时我就明白了，
这地球是多么小啊。

1915 年

你没有向我承诺，不用生命也不用上帝……

你没有向我承诺，不用生命也不用上帝，
甚至不用我神秘的预感。
为何你夜深人静时，像令人痛苦的幸福
逗留在黑暗的门槛前？

我不会跑出去，不会高喊："啊，你是我的唯一，
请你到死都不要离开我！"
我只能用天鹅般的绝唱
向不公正的月亮述说。

1915 年

如同天使，搅乱水面……

如同天使，搅乱水面，
当时你朝我的脸看了一眼，
你恢复了我的力量和自由，
却拿走我的戒指作为奇迹的纪念。
虔诚的悲伤拭去了
我脸颊上病态而灼热的红晕。
我将牢记这个狂风暴雪的季节，
这令人不安的北方二月。

1916 年 2 月　皇村

我没有拉上窗帘……

我没有拉上窗帘，
请直接看看里面的房间。
我现在很快乐，
因为你不能离我而去。
称我为罪人吧，
怀着恶意嘲笑我吧：
我曾是你的失眠，
我曾是你难以忍受的思念。

1916 年 3 月 5 日

短歌

我曾经从清晨便沉默不语，
不想提及，为我歌唱的梦境。
红色的玫瑰和月光，还有我，
——都是同样的命。
积雪从倾斜的山坡上滑下来，
而我，比雪还要洁白，
浑浊的河水泛滥，
河岸还做着醋甜的美梦。
小松林发出清新的喧哗，
比黎明时的思绪还要宁静。

1916 年 3 月 5 日

我知道，你就是对我的奖赏……

我知道，你就是对我的奖赏

因为那些痛苦而艰难的岁月，

因为我从来没有醉心于

尘世的快乐，

因为我从来没有对情人

说过："你真可爱。"

因为，我原谅了人们所做的一切，

而你终将成为我的天使。

1916 年 4 月 28 日

皇村

第一道曙光——是上帝的祝福……

第一道曙光——是上帝的祝福，
在亲爱的面庞上轻轻移动，
这微睡的人脸色有些苍白，
但他睡得越发安宁。

是的，上天之光的温暖
仿佛甜蜜的亲吻……
很久以前，我的双唇就是这般
轻触黝黑的肩膀和可爱的嘴唇。

而如今，在我痛苦已极的漫游中，
它们像无形的逝者，
我只能用歌声向他疾飞
我只能用晨曦聊以自慰。

1916 年 5 月 14 日
斯列普涅沃

这次相见对谁都不要宣扬……

这次相见对谁都不要宣扬，
没有歌声，痛苦也渐渐平息。
寒冷的夏日来临了，
仿佛新生活刚刚开始。

天空就像石头的拱门，
充满了黄色的火焰，
与急需救命的面包相比，
我更需要他唯一的诺言。

你，全身沾满小草的露水，
用美好的消息让我的灵魂重生，——
不是为了欲望，不是为了消遣，
而是为了尘世伟大的爱情。

1916 年 5 月 17 日
斯列普涅沃

五月雪

透明的雾幕笼罩着

新鲜的草皮，它在不易觉察地融化。

严酷的，冰冷的春天

杀死了刚刚萌生的嫩芽。

这提前而至的死神的面孔如此可怕，

让我不敢正视上帝的世界。

我心里的痛苦，是大卫王

不可违背的长达千年的赠予。

1916 年 5 月 18 日

斯列普涅沃

蜡菊枯干，粉红……

蜡菊枯干，粉红。云朵
在清朗的空中粗野地堆积。
这公园中唯一的一株橡树
叶簇还显得浅淡，薄细。

晚霞的光芒到午夜依然明亮。
在我狭窄的牢房里多么惬意！
今天有群上帝的小鸟和我交谈，
告诉我最温情的故事，永远神奇的消息。

我多么幸福。但我最爱
森林之中坡度徐缓的小径，
稍微弯曲的简陋的小桥，
还有那等待所剩不多的光阴。

1916 年 5 月 20 日
斯列普涅沃

它们正在飞翔，它们还在路上……

——致米·洛津斯基

它们正在飞翔，它们还在路上，
这些自由与爱情的话语，
而我已经陷于歌唱前的慌乱，
我的双唇比冰还要寒冷。

但是在那里，稀疏的白桦树，
很快就会贴近窗口，单调地喧哗，——
玫瑰将编制成红色的桂冠，
看不见的事物发出声响。

而更远处——光明的慷慨让人无法忍受，
恰似红色滚烫的葡萄酒……
我的意识也已经
被闷热的烧红的风灼痛。

1916 年夏
斯列普涅沃

雅　歌

她起初被点燃，
像严寒的微风，
而随后坠落心底
如一滴咸涩的泪。

罪恶之开始对什么
有所怜悯。她变得忧郁。
而这轻微的苦痛
内心将永不会忘记。

我只播种。前来收获的
将是别人。这也好！
哦上帝！请赐福
那欢跃的收割者的队伍！

而为了答谢你

我敢于变得完美，
请允许我献给世界
那让爱情不朽的事物。

1916 年 5 月 23 日

斯列普涅沃

天空飘洒着蒙蒙细雨……

天空飘洒着蒙蒙细雨，
打湿了盛开的丁香。
明亮的，明亮的圣灵降临节
在窗外扇动着翅膀。

今天我的朋友该从大海边
归来——这已是最后的期限。
我总是梦见遥远的海岸，
岩石，灯塔和沙滩。

我登上灯塔中最边远的一座，
在那里与光明相见……
而在到处是沼泽和耕地的国家，
连回忆之中都没有灯塔。

我只能坐在门槛上，

那里却也笼罩了浓郁的阴影。

请帮助我消除恐惧吧，

明亮的，明亮的圣灵降临节！

1916 年 5 月 30 日

斯列普涅沃

无论过去还是现在，我都那么喜欢……

无论过去还是现在，我都那么喜欢
眺望铁索护栏围起的河岸，
眺望几百年来
那些人迹罕至的阳台。
诚然，对于疯狂而快乐的我们
你——是我们的都城；
而当那个特殊的、庄严的时刻
降临涅瓦河上空，
五月的微风，
掠过水面上所有的船队，
你——像一个罪人，在死亡之前
看到了天堂甜美的梦境……

1916 年春（？）

恰似白色的石头沉在井底……

——致鲍·安列普

恰似白色的石头沉在井底，
一段记忆藏在我的心中。
我不能，也不想为此斗争：
它既是欢愉，也是苦痛。

我想，谁如果凑近注视
我的眼睛，就会立刻看清它。
它若有所思地把忧伤的我
当成倾听痛苦故事的人。

我知道，众神把一些人
变成了物体，却不消灭他们的意识，
好让奇怪的忧伤生生不息。
你会化作我的一段记忆。

1916 年 6 月 5 日
斯列普涅沃

啊，这又是你……

啊，这又是你。不像我钟情的少年，

而是以粗鲁、严酷、倔强的男人面目

走进这栋房子，凝视着我的脸。

这风暴前的宁静让我的心灵惶恐不安。

你问，我对你做了些什么，

你说把爱情和命运已经永远托付给了我。

我背叛了你。我还要把这话重说一遍——

哦，假如有一天你感到了疲倦！

死者会这样说，让凶手难以入梦，

死神会这样等候在不祥的床榻边。

现在请原谅我吧。上帝教会了我们宽恕。

我的肉体在不幸的病痛中备受煎熬，

而自由的灵魂已经安然沉睡。

我只记得那座花园：光线稀疏，秋意阑珊，温馨

　　弥漫，

还有一声声灰鹤的啼叫，一片片黑色的农田……

啊，当我们相伴在一起，这人间是多么美满！

1916 年 7 月 11 日

斯列普涅沃

回忆 1914 年 7 月 19 日

我们苍老了一百年，而这
却发生在了一瞬间：
短暂的夏日已经结束，
翻耕的平原的尸体冒出黑烟。

沉寂的大道突然嘈杂纷乱，
哭声阵阵，像银器响彻云霄。
我捂住面孔，祈求苍天
在第一场战役前把我干掉。

从记忆深处，像摆脱多余的负担，
歌声与激情的阴影逝去，
上帝命令她——这空白的回忆，
变成一本可怕的书，记录暴风雨的消息。

1916 年 7 月 18 日
斯列普涅沃

当我在阴郁无比的首都……

当我在阴郁无比的首都
用坚毅而又疲倦的手
在干净洁白的信笺上
写下弃绝尘世的声明，

一缕缕湿润的微风
吹进我浑圆的窗口，——
我觉得，红色的烟霞烧灼了
整个天空。

我没有向涅瓦河眺望，
也没有注视霞光映照下的花岗岩，
似乎觉得，这不是在梦中
看到你，让人永远难以忘记……

但是突然的夜色

覆盖了入秋之前的城市。
为了协助我的逃亡，
灰色的阴影弥漫了空间。

我随身只带着十字架，
那是变心的日子你的赠予，——
就让艾蒿丛生的草原盛开鲜花，
就让微风像塞壬一样歌唱。

十字架就挂在空旷的墙上
保佑我摆脱痛楚的妄想，
我对一切都无所畏惧，
甚至当突然想起——生命最后的时光。

1916 年 8 月
沙湾

我要精心照料黑色的苗床……

我要精心照料黑色的苗床，
用清泉之水浇灌；
野花们自由自在地生长，
不要触摸它们，不要把它们折断。

就让它们多似发光的群星
闪烁在九月的夜空——
为了孩子，为了流浪汉，为了恋人
让这些花儿在原野上成长。

而我的花儿——只为圣女索菲娅
在那个唯一光明的日子开放，
那时圣餐仪式的呼喊声
在华丽的祭坛帐幔下飞翔。

如同一层层波浪涌向陆地

它们注定会遭遇死亡，

我将带来忏悔的灵魂

和花朵，它们生长于俄罗斯的土壤。

1916年夏

斯列普涅沃

变成黑色，弯曲如弓的木制小桥……

变成黑色，弯曲如弓的木制小桥，
牛蒡草疯长，有一人多高，
繁茂的荨麻林在歌唱，
镰刀都不能穿过它们，无法闪亮。
每当黄昏都能听见湖面上的叹息，
斑驳的苔藓爬满了墙壁。

我在那里迎来了
二十岁生日。
灼热的黑蜜酒
甜醉了我的双唇。

枯树枝挂破了
我洁白的绸裙，
弯曲的松枝上
传来夜莺的歌吟。

听到约定的叫声，

她从狭小的屋子跑出来，

仿佛羞怯的树精，

却比其他姐妹还要多情。

请奔向山顶，

渡过小河，

在此之后

我不会再说：别缠着我。

1916 年夏

一切都被剥夺：不论是力量，还是爱情……

一切都被剥夺：不论是力量，还是爱情。
在憎恶的城市连太阳都不喜欢
这被抛弃的身体。我感觉，
我体内的血液已经完全冰冻。

我不熟悉快乐的缪斯的性情：
她注视着我，默默不语，
垂下戴着深色花冠的头，
疲惫不堪的，深深埋进我的怀里。

只有良心一天天变得疯狂可怕：
它渴望做出伟大的奉献。
我捂着脸，答复了她……
却再没有泪水可流，再没有理由可辩。

1916 年 10 月 24 日

塞瓦斯托波尔

皇村雕像

——致尼·弗·涅多波拉瓦

枫树的叶子已片片飘零，
散落到天鹅游弋的池塘中，
花楸果缓慢地成熟了，
把灌木丛染得鲜红。

她的身姿何等苗条迷人，
蜷曲的双腿，不觉得寒冷，
她坐在北方的石头上，
凝望着小路的方向。

在这位被赞美的少女前
我感到隐隐的恐惧。
一缕缕渐渐微弱的光线
在她的双肩上嬉戏。

我如何能够原谅她，

你迷恋的赞誉令她欣喜不已。

你看，她的裸体美如盛装，

她快乐地有些忧郁。

1916 年 10 日

塞瓦斯托波尔

微睡重新赠予我……

微睡重新赠予我
我们最后星光闪烁的天堂——
这座喷泉清澈的城市，
金色的巴赫奇萨赖 ①。

在那里，五彩缤纷的城墙之下，
若有所思的泉水边，
我们快乐地回忆起
昔日皇村的花园。

我们突然认出了——这就是它，
叶卡捷琳娜的雄鹰！
它从华丽的青铜大门之上
飞向峡谷的深底。

———————

① 巴赫奇萨赖，乌克兰城市。

为了让离别时痛苦的歌曲

长久地活在记忆里，

山下的平原上，黝黑的秋天

带来一片片红色的落叶，

撒落到台阶前，

我和你在这里告别，

从此后，你啊，我的慰藉，

转身走进了阴影的领地。

1916 年 10 月

塞瓦斯托波尔

他向我承诺了一切……

他向我承诺了一切：
天空的尽头，模糊，赤红，
圣诞前夜可爱的梦境，
复活节音调多变的微风，

还有红色的藤条，
公园里的瀑布，
以及生锈的铸铁栅栏上的
两只大个儿的蜻蜓。

因此我不能不相信，
他会和我友爱一生，
那时我沿着灼热的石径
正向着山坡的高处攀登。

1916 年 10 月
塞瓦斯托波尔

我一到那里，苦恼便烟消云散……

我一到那里，苦恼便烟消云散。
早来的严寒令我心情舒畅。
一座座神秘的、偏僻的村落——
是祈祷与劳动的仓房。

我难以克制对这片土地
平静而又坚定的恋情：
新城的每一滴血液在我的心里——
都如同冰块浸在泛起泡沫的美酒中。

无论如何都无法把这改变，
强烈的炎热也不能把它溶化，
不论是什么，我都会开始赞美——
当你，安静的，容光焕发地出现在我的面前。

1916 年 11 月 16 日
塞瓦斯托波尔

无论是乘船，还是坐车……

无论是乘船，还是坐车
都不能抵达这里。
在死亡威胁的雪地上
是一片深不可测的海水；

它已然从四面八方
将这座庄园紧紧包围……
啊！鲁宾逊就是遭遇
这样的煎熬。

他乘坐雪橇，踏着滑雪板，
或骑马前来探望，
而随后坐在沙发上
等着我的来到，

他用短小的马刺

把小地毯扯为两半。

如今在镜子里

已经看不到他柔和的微笑。

1916 年 11 月

塞瓦斯托波尔

我的命运就这样改变了吗……

——致尤妮娅·安列普 ①

我的命运就这样改变了吗？
或许游戏真的已然结束？
那些冬日在哪里，当凌晨五点多钟
我躺到床上进入梦乡？

一切重新开始，我平静而严肃地，
生活在荒僻的海岸边。
无论是无聊的，还是温情的话语，
我都已经不能倾吐出心田。

真是难以相信，圣诞节很快来临。
草原绿意盎然，令人激动。

---

① 这首诗是写给好友、画家鲍里斯·安列普的妻子尤妮娅的。1916 年，阿赫玛托娃与古米廖夫离婚，之后便到克里木度假，当时安列普夫妇也住在那里的别墅里，他们过从甚密。

阳光闪烁，恰如温暖的波浪

亲吻着光滑的海岸。

当我疲惫而又慵懒地

远离幸福，心怀无法形容的战栗，

憧憬着这样的宁静，

我就会把自己想象成这般模样：

如同死后的灵魂，到处漂泊游荡。

1916 年 12 月 15 日

别利别克，塞瓦斯托波尔

啊，那些无与伦比的话语……

啊，那些无与伦比的话语，
谁说出了它们——谁就损耗得过多。
那取之不尽的只有
上帝的仁慈和天空的蓝色。

1916 年，岁末
塞瓦斯托波尔

一星期我都没和人说一句话……

一星期我都没和人说一句话，

一直坐在海边的石头上，

我喜欢，绿色波浪喷溅起的水花，

仿佛我的泪水，苦咸。

有过多少春天和冬天，而我

不知为何记住的只有一个春天。

当夜晚变得温暖，冰雪消融，

我走出家门，去看月亮，

一个陌生人轻声地问我，

我们相遇在小松林间：

"莫非你就是那个我从少年时代

就到处找寻的人，那个和我

一起玩耍，让我思念的可爱姐妹？"

我回答陌生人："不是！"

当尘世的灯光把他照亮，

我把双手伸给了他，

而他赠给我一枚神秘的宝石戒指，

保护我不受爱情的伤害。

他还告诉我一个地方有四种标志，

我们会在那里再次相逢：

大海，圆形的港湾，高耸的灯塔，

而必须有的是——艾蒿丛……

生活怎样开始，就让它怎样结束吧。

我说，我知道：阿门！

　　　　　　　　　　　1916 年秋

　　　　　　　　　塞瓦斯托波尔

城市已然死去，最后一栋房子……

城市已然死去，最后一栋房子的窗口
像活着似的向外张望……
这个地方如此陌生，
散发焦糊的气息，四野一片苍茫。

然而，当犹豫的月亮刺破
暴风雨的帷幕，
我们看见，一个瘸腿的人
正爬上高山，走向森林。

真可怕，他竟然追上
三套车，拉车的是健壮快活的马匹，
稍稍停留，他又扛着沉重的行囊
一瘸一拐地向前走去。

我们几乎没来得及注意，

他如何出现在带篷的马车前。
他的眼睛好像星辰，闪烁着蓝色光芒，
照亮了他疲惫痛苦的面庞。

我把孩子交给了他，
他举起被手铐磨伤的双手
向我亲切而响亮地承诺：
"你的儿子会活下去，健康成长！"

1916 年

斯列普涅沃

我白白地等候了他许多年……

我白白地等候了他许多年。
这段时光恰似瞌睡的一瞬间。
但那盏长明灯闪耀在
三年前，复活节的星期六，
我的声音猝然停止，陷于沉寂——
未婚夫微笑着站在了我的面前。

窗外是举着蜡烛的人群
不紧不慢地行进。哦，多么虔诚的黄昏！
四月的薄冰发出清脆的碎裂声，
阵阵钟鸣，如同可以预见的欢乐，
在人群之上喧响，
漆黑的晚风摇撼着灯光。

洁白的水仙摆放在桌子上，
我看见浅杯中的红色葡萄酒

仿佛黎明时的烟岚。

我的手臂，溅上了蜡滴，

它颤抖着，接受亲吻，

我的血液在唱：快乐吧，幸福的傻女人！

1916年　1918年（？）

每个昼夜都有这样……

每个昼夜都有这样

纷乱与不安的时刻。

我闭着睡梦中的眼睛

和寂寞大声交谈。

而它敲击着，如同血液，

如同温暖的呼吸，

如同幸福的爱情，

理智而又凶险。

1916（？） 1917 年（？）

皇村

断章

…… …………

啊上帝，为了自己我可以宽恕一切，
即便让我化作老鹰去抓羔羊
或变成毒蛇去田野咬熟睡者，
也胜过作人，被迫看着
众人各行其是，透过腐烂的耻辱
不敢抬起眼睛仰望高天。

1916 年（？）

在最后一年，当我们的首都……

在最后一年，当我们的首都

还在用原来的名字

到伟大的战争还剩下

半年，那件事终于完成了，

关于它，我本应简短而诚实地

在我的故事中说出，

妨碍我这样做的，也许仅有

那个女人，她总是擅自走进房间

用白色的东西遮起镜子。

或是那个男人，他告别我们远赴海外

还异常严厉地禁止我们哭泣。

1916 年（？）

在天堂掌钥者的城市……

在天堂掌钥者的城市，

在老朽的沙皇的城市，

五月的霞光或绯红或金黄，

教堂洁白，桥梁高耸。

古老的椴树丛中，幽暗的花园里

轮船的桅杆仿佛提琴般奏响。

而我窗外的河流——

谁也不知道，它有多么深。

我自由选择了这座美妙的城市，

尘世的快乐，炽热的阳光，

这一切都让我觉得，我在天堂里

正把最后一首歌演唱。

1916 年（？） 1917 年

傲慢蒙蔽了你的灵魂……①

傲慢蒙蔽了你的灵魂，

使你不能看到光明。

你说，我们的信仰——是迷梦，

海市蜃楼——是我们的都城。

你说——我的国家罪孽深重，

而我说——你的国家没有良心。

即便我们身上还负载着罪过，——

但一切还可以补偿，还能够改进。

你身边环绕的——是美酒，是鲜花。

为什么还来穷困的罪人家敲门？

我知道，你病入膏肓的原因——

---

① 这首诗也是写给画家友人安列普的。

你在寻求死亡，却又害怕死神的降临。

1917 年 1 月 1 日

斯列普涅沃

我的灵魂留在了那里……

我的灵魂留在了那里，满怀愁绪，

它一直住在那个蓝色房间里，

亲吻着珐琅小圣像，

等候半夜从城里来的客人。

家中并非一切美满：

灯火通明，依旧显得昏暗……

莫非新主妇为此寂寞，

莫非男主人为此一边喝酒，

一边倾听着，单薄的墙壁后

来客与我的交谈？

1917 年 1 月 3 日

斯列普涅沃

是的，我爱它们……
——致阿·卢利耶 ①

是的，我爱它们，那些深夜的聚会，——

小小餐桌上那些冰凉的酒杯，

黑咖啡升腾的清香而曼妙的水汽，

红壁炉散发的驱走严寒的浓浓热浪，

文学家让人快活的讥讽的玩笑，

还有来自朋友的第一个眼神，无助而令人心慌。

1917 年 1 月 5 日

斯列普涅沃

---

① 阿尔图尔·卢利耶（1891—1966），俄国音乐家和作家。1918 至 1921 年担任苏联教育人民委员部音乐处主任，1922 年 8 月赴柏林，后生活在法国。1941 年被迫移民。从 1941 年生活在纽约，1960 年之后居住在普林斯顿。1966 年 10 月去世。曾为阿赫玛托娃和曼德里施塔姆的诗歌作品谱曲。

莫非是因为远离了该死的轻松……

莫非是因为远离了该死的轻松，
我才紧张地注视着黑暗的殿堂？
已然习惯了高亢、清晰的丁当声，
已经不再按尘世的法律审判，
我，像一名女犯，还向往着刑场，
那多年执行死刑的耻辱的地方。
我看到华丽的城市，听见亲爱的声音，
好像还没有神秘的墓地，
在那里，无论白昼黑夜，酷暑严寒，
我都需要俯身等待最后的审判。

1917 年 1 月 12 日

斯列普涅沃

不曾有诱惑。诱惑在寂静中生活……

不曾有诱惑。诱惑在寂静中生活，
它使持斋者痛苦，使圣徒苦恼

五月的深夜，在年轻修女的头顶
它像受伤的雌鹰懒洋洋地啼叫。

而对那些贪淫放荡者，那些可爱的罪人们
它却给以令人不解的钢铁般的拥抱。

1917 年 1 月

那个声音，曾与伟大的寂静较量……

那个声音，曾与伟大的寂静较量，
并最终战胜了寂静。
在我的内心，如同一首歌曲或悲伤，
是战前最后一个寒冬。

它比斯莫尔尼教堂 ① 的拱顶还要洁白，
比华丽的夏园还要神秘，
那时，我们还不知道，很快
就会在极度的忧愁中回首过去。

1917 年 1 月

彼得堡

---

① 斯莫尔尼大教堂，是著名的俄罗斯东正教教堂，位于圣彼得堡市涅瓦河
的左岸，富有浓郁的巴洛克风格，初建于 1751—1835 年。1931 年之后
被关闭。1990 年之后曾作为音乐厅开放。2010 年后才完全恢复为宗教
场所。

21 日。深夜。星期一……

21 日。深夜。星期一。
首都的轮廓模糊不清。
是哪个无所事事的人写下过，
尘世上存在爱情。

或许出于懒惰，或许出于寂寞
人们都信以为真，并如此生活：
期待相聚，害怕别离，
唱着爱情的歌曲。

而秘密却以另外的样子被揭露，
寂静在其中长眠不醒……
我偶然发现了这个秘密，
从那一刻开始我仿佛一病不起。

1917 年 1 月
彼得堡

这些广场多么空旷……

这些广场多么空旷，

这些桥梁多么险峻，回声多么响亮！

漆黑的夜幕笼罩着我们

沉重，宁静，没有星光。

我们，如同必死的人，

走在新鲜的雪地上。

这不是奇迹吗？此刻我们二人

将一起度过生离死别的时光。

双膝不由得软弱无力，

就好像，没有空气可以呼吸……

你——是我诗篇的太阳，

你——是我生命的赐予。

你看，黑色的大厦摇摇欲倾，

我马上就要昏倒在地，——
如今我并不害怕慢慢地清醒过来，
在我乡间的花园里。

1917 年 3 月 10 日
彼得堡

踏着坚硬的积雪的波浪……

踏着坚硬的积雪的波浪

走向你洁白、神秘的小房，

这样默默无语的两个人，

在温柔的沉默里前行。

我做的这个美梦

比所有唱过的歌曲都要甜蜜，

碰到的树枝微微晃动，

你的马刺发出轻轻的响声。

1917 年 3 月

彼得堡

我们还没有学会告别……

我们还没有学会告别，——
一直肩并着肩走来走去。
天色开始暗下来，
你若有所思，我沉默不语。

我们走进教堂，会遇见
望弥撒，做洗礼，办婚仪，
我们不看对方一眼，就会走出来……
为什么我们就不能如此？

或者，我们坐到通往墓地
被践踏的积雪上，轻声叹息，
你用木棍勾画一座宫殿，
我们二人将在那里永远栖居。

1917 年 3 月

彼得堡

神秘的春天还懒散无力……

神秘的春天还懒散无力，
透明的微风在群山间游荡，
就连深深的湖水也变得蔚蓝——
这施洗者永恒的教堂。

我们的初遇令你慌乱不安，
可我已经祈祷再次相见，
你看今天又是一个炎热的黄昏，——
太阳低低地悬在山巅……

你不和我在一起，但这并非别离：
对于我每一刹那——都是激动的消息。
我知道，你的内心如此痛苦，
你竟不能说出一言半语。

1917 年 4 月 14 日

彼得堡

现在永别了，首都……

现在永别了，首都，
永别了，我的春天，
卡累利阿①的大地啊
已经使我苦苦思恋。

那些田野和菜园
充满宁静的绿意，
还有那幽深的流水
与浅蓝色的天空。

沼泽中的美人鱼
是这些地方的主人，
她可怜地叹息，凝望着

① 卡累利阿共和国位于俄罗斯西北部，面积 18.05 万平方公里（占俄联邦
总面积的 1.06％）。西部与芬兰接壤，南邻列宁格勒州和沃洛格达州，
北部与摩尔曼斯克州交界，东面是阿尔汉格尔斯克州。东北濒临白海，
西部边界为俄罗斯与芬兰的国界。该地区自然景观秀美，有"卡累利阿
的瑞士"之称。

教堂之上的十字架。

而那只黄鹂，我纯洁无邪的
日子里的伙伴，
昨天从南方返回了，
在树枝间啼唤，

五月之前留在城市里
是可耻的，
剧院里让人窒息，
那些岛屿让人无比思念。

但黄鹂不知道，
美人鱼也不明白，
当我亲吻他时
是多么甜蜜！

而今天，在寂静的黄昏
我依然会离去。
上帝的国度啊，
请把我拥进你的怀里！

1917 年春

我和一位高士建立了私密友情……

我和一位高士建立了私密友情，
他像眼睛黑亮的一只雏鹰。
我，仿佛走进初秋的花坛，
脚步变得轻盈。
那里盛开着几丛最后的玫瑰，
还有一轮透明的月亮
在灰色浓密的云层间穿行。

1917 年 6 月

彼得堡车厢

我听见黄鹂永远忧伤的啼鸣……

我听见黄鹂永远忧伤的啼鸣，
我向着盛大夏日的衰退致敬，
一棵麦穗紧紧依偎着另一棵麦穗，
镰刀却割下它们，带着毒蛇的哨声。

身姿匀称的割麦女的短裙，
仿佛节日的彩旗，在风中飘扬。
如今最好响起欢快的小铃铛，
透过落满灰尘的睫毛是凝视的目光。

在无法逃避的黑暗预感中，
我等待的不是爱的阿谀奉承，不是柔情蜜意，
但是请你来看一下天堂，在那里
我们一起多么幸福快乐，天真烂漫。

1917 年 7 月 17 日
斯列普涅沃

哦，不，我爱的不是你……

哦，不，我爱的不是你，
甜蜜火焰般的帕利姆，
请给我解释，在你忧伤的名字里，
暗含怎样的力量。

在我的面前，你单膝跪下，
像是等待着加冕，
而死神的阴影触及了
你那平静而年轻的容颜。

你倏然离去。不是为胜利而战，
而是为了赴死。夜幕深沉！
哦，我的天使，不用了解，不必知道
我如今的愁绪。

但是如果天堂洁白的太阳

照亮森林间的小径，

但是如果田野里的小鸟

从多刺儿的禾捆上飞起，

我就会知道：这是你，是被打死的你，

你想告诉我，

我重又看见染血的德涅斯特河上 ①

那高低起伏的山岗。

我将忘记那些爱情与荣耀的日子，

我将忘记我的青春时光，

心灵幽暗，道路崎岖，——

但你的面容，你正义的功绩

我到死都会珍藏在心里。

1917 年 7 月 19 日

斯列普涅沃

----

① 德涅斯特河，是欧洲东部的一条河流，全长 1，362 公里。起源于乌克
兰喀尔巴阡山脉，注入黑海。当中部分河段为乌摩边界，中间大部分河
段为摩尔多瓦与德涅斯特河沿岸共和国的边界。历史上也是比萨拉比亚
的东部界线。

家中立刻变得一片安静……

家中立刻变得一片安静，
最后一朵罂粟花已然凋残，
我在漫长的昏睡中变得麻木，
又遭遇了早年的黑暗。

房门紧紧地关闭，
夜色漆黑，晚风沉寂。
哪里有快乐，哪里有忧虑，
温情的未婚夫啊，你在哪里？

神秘的宝石戒指没能找到，
我已空等了多日，
那首歌如同柔弱的女囚
也早已在我心中死去。

1917 年 7 月 20—21 日（？）
斯列普涅沃

你如今沉痛而沮丧……

你如今沉痛而沮丧，
放弃了光荣与梦想，
但是对于我，你仍不可救药的可爱，
你越是忧郁，越是动人。

你喝着酒，你的夜晚浑浊不清，
你真的不知道，这是在梦中，
那双绿色的令人痛苦的眼睛，——
看得出，并没有在酒中找到安宁。

而心灵诅咒着命运的缓慢，
只乞求快些死去。
西风常常带来的是
你的责难和你的哀求。

难道我敢返回你的身边？

在我的故乡苍白的天空下
我只能歌唱与回忆，
而你却休想再把我想起。

就这样岁月流逝，痛苦倍增。
我该如何为你向上帝祈祷？
你猜出了：我的爱情就是这样，
甚至你都不能将它杀死。

1917 年 7 月 22 日
斯列普涅沃

你这个叛徒：为了绿色的岛屿……①

你这个叛徒：为了绿色的岛屿

你抛弃了，抛弃了热爱的国土，

抛弃了我们的圣像，我们的歌曲，

还有寂静湖畔的那棵松树。

究竟为了什么，你这个剽悍的雅罗斯拉夫人，

既然还没有丧失理智，

为什么要紧紧盯住那些红发美人，

还有那些豪华的楼宇？

如今你就亵渎上帝，妄自尊大，

你就毁灭东正教徒的灵魂吧，

---

① 这首诗是阿赫玛托娃写给好友、镶嵌画家安列普的，通过这首诗，可以看出，对他离开祖国、移居英国表现出极大的不快。她与安列普友情深厚，有近40首诗歌是写给他的。即使在十月革命后，女诗人遭受了种种不公平的待遇，但她始终没有后悔自己当初留在俄罗斯的选择。

你就留在王国的首都，
爱上自己的自由吧。

为什么你又来到我高高的窗子下
呻吟乞怜？
你自己清楚，你不会在大海中沉没，
我们也不会在殊死的战斗中伤残。

是的，自己丢弃天赐幸福的人，
不畏惧大海，也不畏惧战斗。
因此，祈祷的时候，
你都请求为自己祈祷安息。

1917 年 7 月 22 日
斯列普涅沃

在黎明醒来……

在黎明醒来

因为喜悦令人窒息，

透过船舱的舷窗眺望

绿色的波浪，

或者阴雨连绵时站在甲板上，

裹着毛茸茸的皮大衣，

聆听机器的轰鸣，

什么都不去想，

但是，我预感到了和一个人的

相见，他将成为我的星辰，

这咸涩的泡沫和海风

使我变得一小时比一小时年轻。

1917 年 7 月

斯列普涅沃

这事多简单，这事多明显……

这事多简单，这事多明显，

这事所有人都一目了然，

你根本不爱我，

你永远不会爱上我。

可为什么我仍然

对一个陌生人充满依恋，

为什么每一个黄昏

都为你祝福祈愿？

究竟为什么，我抛弃朋友

和鬈发的婴儿，

抛弃我热爱的城市

以及故乡，

像一个肮脏的乞丐

在异国的首都流浪？

啊，当我想到可以见到你，

我的心情是多么欢畅。

1917年夏
斯列普涅沃

河水平缓地流过山谷⋯⋯

河水平缓地流过山谷，
山岗上是许多面窗子的房屋。
我们在此生活，像叶卡捷琳娜时代：
做着祷告，等待庄稼收获。

忍受了两日的别离，
客人沿着金色的田野来与我们欢聚，
他在客厅亲吻祖母的手臂
在陡峭的楼梯上亲吻我的嘴唇。

1917 年夏日
斯列普涅沃

一整天，人群为自己的哀泣声恐惧不安……

一整天，人群为自己的哀泣声恐惧不安，

在垂死的痛苦中被标上记号，

而河对岸招魂的旗幡上面，

不祥的骷髅头在大笑。

这就是我歌唱和幻想的缘由，

我的心已经碎成两半，

枪炮声大作之后，霎时一片沉寂，

死神把巡逻兵派向一个个小院。

1917 年夏日

斯列普涅沃

我认为——这里永远……

我认为——这里永远
都不会传出人的声音，
只有石器时代的风
叩打着黑色的大门。
我认为，在这样的天空下
只有我一个人幸存，——
因此，我第一个情愿
把致命的毒酒一饮而尽。

1917 年夏
斯列普涅沃

当人民在自杀般的痛苦中……

当人民在自杀般的痛苦中
等候着德国客人的来临
拜占庭的坚强灵魂
飞离了俄罗斯的教堂，

当位于涅瓦河之滨的都城，
忘却了自身的雄伟壮丽，
就如同醉醺醺的荡妇，
不清楚，谁会收留自己，——

我心中曾有一个声音。他高兴地召唤，
他说："到这里来吧，
放弃自己荒凉而罪恶的故土，
永远地离开俄罗斯。

我擦净你手臂上的血液，

从内心掏尽你黑色的耻辱，
我要用崭新的名字
覆盖你的创伤与屈辱。"

可是我冷淡而平静地
用手捂住了耳朵，
为了让这卑鄙的话语
别玷污了我哀痛的灵魂。

1917 年秋

彼得堡

你永远那样神秘和清新……

你永远那样神秘和清新，
我对你一天比一天温顺。
可是你的爱情，哦，严厉的朋友，
却用钢铁与火焰考验我的忠贞。

你禁止我歌唱和微笑，
早就不允许我做祈祷。
只要我和你永不分离，
其他一切都没什么大不了！

就这样，大地与天空日渐陌生，
我活着，再也不会歌唱，
你仿佛占据了地狱和天堂
剥夺去我自由的灵魂。

1917 年 12 月

如今谁也不再聆听歌曲……

如今谁也不再聆听歌曲。

预言的日子来临。

我最后的爱人啊，世界不再神奇，

请不要撕碎我的心胸，不要发出声音。

就在不久前你还自由的燕子般

完成自己清晨的飞翔，

如今你却变成饥饿的乞丐，

无法敲开那些陌生者的大门。

1917 年岁末

只剩下了我一个人……

只剩下了我一个人
计算着空虚的日子。
啊，我自由自在的朋友，
啊，我亲爱的人们！

我不再用歌声召唤你们，
不再用泪水劝你们回返，
但在深夜悲伤的时刻
我会为你们祈祷平安。

死亡的利箭在追赶，
你们中的一人倒在了地上，
而另一个变成了黑色的乌鸦
来把我亲吻。

这样的事一年只有一次，

当冰雪消融，

我伫立在叶卡捷琳娜花园

清澈的湖水边

我听见宽阔翅膀的拍打声，

回荡在蔚蓝平静的水面之上。

我不知道，是谁在阴森的监狱里

打开了一扇小窗。

1917 年岁末

别人的俘虏！我才不要别人的俘虏……

别人的俘虏！我才不要别人的俘虏，
连自己的我都懒得去数。
可是看到这些樱桃般的红唇
为什么我会如此开心？

就让他诽谤和污辱我吧，
我听见他话语中压低的哀怨声。
不，他永远不能迫使我想象，
他狂热地爱上了别的女郎。

在神圣隐秘的恋爱之后，
我永远都不会相信，
他会重新不安地大笑和哭泣，
还会诅咒我的那些亲吻。

1917 年

当关于我痛苦死亡的消息……

当关于我痛苦死亡的消息
迟迟地传到他的耳边，
他既没有变得严肃，也没有忧郁，
只是脸色苍白，漠然一笑。
他回想起冬日的天际
沿着涅瓦河袭来的暴风雪，
他会立刻想起，自己如何发誓
要对东方的女友倍加珍惜。

1917 年

在这个教堂，在严峻而忧伤的日子……

在这个教堂，在严峻而忧伤的日子，

我聆听了圣安德鲁·克里特①的赞美诗。

从那时候，大斋期的谣言

直到复活节午夜的整整七个星期②

都与无序的枪声混在一起。

众人相互作短暂道别，

是为了永远不再相见……骚乱，

·················命运。

1917 年

圣彼得堡波特金斯卡娅大街 9 号

---

① 圣安德鲁·克里特，或译作克里特的安德鲁（约 650—720），著名的基
督教神学家，传教士和赞美诗作者。创作了由 250 首祭祷歌组成的赞美
诗，每首赞美诗通常又由 9 首颂歌组成，结尾通常为赞美圣母玛丽亚。
② 俄罗斯的东正教大斋期在复活节前 7 周，持续 40 天，在此期间不吃荤
腥，不能饮酒。进入斋期前一周为谢肉节。

伴着钢琴上飞出的第一声旋律……

伴着钢琴上飞出的第一声旋律，
我轻轻对你说："你好，公爵。"
这就是你啊，快乐而忧郁，
站在我的面前，俯下身躯，

可是，在你固执而奇怪的眼神里
我却什么都不能猜出，
只是把那些金子般的话语
珍藏在我罪孽深重的心里。

有一段时间，你为烦闷所折磨，
你将用陌生的语言阅读它们，
心里想：六翼天使正为我
在河面上备好船帆。

1917 年

在那座有裂缝的大桥上……

在那座有裂缝的大桥上
在如今已成为节日的那一天，
结束了我的青春。

1917—1919 年

天鹅般的微风吹拂……

天鹅般的微风吹拂，
湛蓝的天空融入血液。
到来了，周年纪念日——
那些你初恋的岁月。

你摧毁了我的酒杯，
时光飞逝，恰似流水。
为何你未显苍老，
仍是当年的模样？

甚至温情的声音更加响亮，
只是时间的翅膀
用它白雪般的荣耀笼罩了
你安详的额头。

1918 年 2 月 21 日
1922 年

冰块喧响，沿着河道汹涌……

冰块喧响，沿着河道汹涌，
天空变得苍白，毫无生机。
啊，你为什么要惩罚我，
我不知自己错在哪里。

如果需要——就杀死我吧，
但对我不要过于严厉。
你不想和我生孩子
你也不喜欢我的那些诗句。

一切都听你的安排：随便！
我会信守自己的诺言，
把生命都献给了你，而把忧愁
我会随身带进坟墓。

1918 年 4 月

因为你神秘莫测的爱情……

因为你神秘莫测的爱情，
仿佛遭受刺痛，我一声声呼喊，
我的面容枯黄，像突患了癫痫，
曳足而行，步履蹒跚。

别再用口哨吹奏新的歌曲，——
长久地用歌曲把人欺骗，
请你撕裂吧，疯狂地用爪子撕裂
我罹患肺痨的胸腔，

就让鲜血从咽喉
迅疾地喷溅到床上，
就让死神永远地从心中掏出
该死的醉意。

1918 年 7 月

深夜

一弯月亮悬在夜空，微微移动，
穿行于细碎流淌的云朵间，
大门前有位忧郁的哨兵
有些懊恼，张望着钟楼上的指针。

不忠的妻子走在回家的路上，
她的面庞若有所思，表情严峻，
而忠贞的妻子在梦的紧紧拥抱中
被永恒的焦虑煎熬如焚。

我和她们有什么关系？七天前，
我叹息着对世界说，请原谅，
可这里让人郁闷，我悄悄走进了花园
看看星星，弹弄下我的里拉琴。

1918 年秋
莫斯科

莫非是为此……

莫非是为此，
我曾经把你抱在手上，
莫非是为此，你蓝色的眼睛里
闪烁着力量！

你长大了，身材高挺而匀称，
你唱过歌，喝过马德拉酒，
率领着自己的驱逐舰
前往遥远的安纳托利亚 ①。

在马拉霍夫山丘上，
有人开枪打死了这个军官。
差一个星期二十岁的时候

---

① 安纳托利亚（Anatolia），地区名，又名小亚细亚或西亚美尼亚，是亚洲西南部的一个半岛。北临黑海，西临爱琴海，南濒地中海，东接亚美尼亚高原。

他便离开了人间。

1918 年

彼得堡

这个世纪比先前的世纪糟糕在哪里？

这个世纪比先前的世纪糟糕在哪里？莫非
是它在悲痛与不安的昏醉中
沾染了最为恶毒的瘟疫，
却难以治愈。

尘世的太阳还在西方照耀，
城市的屋顶在它的光芒中闪亮，
这里的一座白房子以十字架为标记，
它召唤那些乌鸦，乌鸦飞起。

1919 年 1—2 月

幻影

那些早早亮起的圆灯
挂在空中，咝咝作响，
一切都比飘飞闪光的雪花
还要快乐，还要明亮。

加快了平稳的步伐，
仿佛预感到有人在追赶，
几匹马穿越柔软飘落的雪花
从蓝色的网下驰骋而过。

穿着绣金线衣的随从
一动不动地站在雪橇旁，
沙皇用清闲而明亮的目光
好奇地四下打量。

1919 年（1 月—2 月）

我问过布谷鸟……

我问过布谷鸟，

我能活多少年……

松树的尖梢颤动，

黄色的光线滑落草间。

而清新的密林里阒然无声……

我朝家的方向走，

凉爽的微风

吹抚着我发烧的额头。

1919 年 6 月 1 日

皇村

我痛苦而衰老。皱纹……

我痛苦而衰老。皱纹

像丝网布满了枯黄的面孔，

脊背弯曲如弓，双手颤抖不停。

而我的刽子手用快活的眼神看着我，

他夸耀着自己高超的手艺，

察看我苍白的皮肤上

那些殴打的痕迹。宽恕他吧，上帝！

1919 年

彼得格勒　舍列梅杰耶夫宫

你不会立刻猜出它……

你不会立刻猜出它

（是一种可怕而阴暗的）传染病，

人们温柔地说出它的名字，

却因它而死去。

它的第一特征——是奇特的快活，

你仿佛喝了醉人的烈酒，

而它的第二特征——是忧伤，如此的忧伤，

让你无法呼吸，疲惫无力，

只有第三个特征——是最真实的：

如果心儿时常停止跳动

蜡烛在暗淡的目光中点燃，

这就是说——晚上会有新的相逢……

（深夜你被一种预感所折磨：

在自己的头顶看到六翼天使。

你熟悉他的面孔……

一阵窒闷的倦意向你袭来

像黑缎子一般的帘幕。

愿你的睡梦昏沉而短暂……

清晨带着崭新的谜语醒来，

但那些已不再清晰，不再甜蜜，

你将用痛苦的鲜血洗浴

而它，被人们称为爱情。）

1910 年代

我不喜欢花——它们让我想起……

我不喜欢花——它们让我想起
丧事、婚礼和舞会，
晚饭已经摆上了餐桌
……　……
而永恒玫瑰的朴素之美，
却从童年便成为我的快乐，
也是我迄今唯一的遗产，
就像莫扎特的音乐，就像深夜的黑色。

1910 年代
皇村

把我们称为上帝荒谬的祭司……

——致瓦·谢·斯列兹涅夫斯卡娅

神奇的命运把我们称为

上帝荒谬的祭司，

但我清楚地知道——不眠

会把我们收编在耻辱柱旁，

去约会吧，和那讥笑我们的人，

去爱吧，那没有邀请我们的人……

看看那儿——它就要开始了，

我们血染的黑色狂欢节。

1910 年代

皇村

你凝视着我，好像在问……

你凝视着我，好像在问，
为什么一切会这样……
亲爱的，圣安娜刀穗 ① 不是白白地
佩戴在你的刀柄上。

1910 年代

---

① 圣安娜勋章是俄罗斯沙皇为奖励多年完美服役的官兵而设立。

新年的节日多么漫长……

——致瓦·普·祖波夫伯爵 ①

新年的节日多么漫长，

小窗上的雪光多么洁白耀眼。

今天我思念着您，

寄去对您温柔的祝愿。

就让我坐在地下室读书，

简单地度过一个个夜晚，

我们当时作出了明智的约定，

我将不必信守诺言。

而您仍将是我忠诚的朋友，

不会对我生气，

---

① 瓦·普·祖波夫伯爵（1884—1969），俄国艺术理论家，哲学教授，艺术历史学院的创办者。1925 年移民国外，1969 年死于巴黎。

您可知道，我病卧在沙发床上，
已经有三天。

看着那束您送来的玫瑰，
它们温柔而慵懒，
我便会想起涅瓦河左岸边
那栋房子的幽暗。

1910 年代

如果月亮不在空中慢慢前行……

如果月亮不在空中慢慢前行，
而是渐渐冷却——像深夜的烙印……
我死去的丈夫就会回来，
阅读着那些爱情的书信。

他记得橡木削制的小匣上
那把秘密的锁具，
他的双脚戴着锁链，
笨重地敲击着镶木地板。

他核对签名的模糊字迹
和会面的时间。
难道施加给他的还少吗，
那些他至今还忍受着的苦难？

1910 年代

活着的日子所剩不多……

活着的日子所剩不多，
已经没有什么令我恐惧，
但是我听到过你
心脏的跳动，让人怎能忘记？
我平静地知道，这其中
是永不熄灭的火焰的秘密。
即使你不看我一眼，
但愿我们还会偶然相遇。

1910 年代

经过全部时光，和每一个瞬间……

经过全部时光，和每一个瞬间，
不论忙碌，还是闲散
那张莫明其妙的容颜，
如同隐秘的欢乐，都会出现。
哦，上帝！他为什么
会出现在这孤寂狭小的房间？

1910 年代

我不为侮辱的话语感到惊慌……

我不为侮辱的话语感到惊慌，
也不会无端指责任何人。
因为我可耻的生活
请你不要赠我可耻的死亡。

1910 年代

它既富有又吝啬……

它既富有又吝啬，

那颗心啊——请藏起财宝！

你为什么愧悔地沉默？

我的眼睛要是没看见该多好！

1910 年代

皇村

荣耀犹如天鹅……

荣耀犹如天鹅
穿过金黄色的烟雾飞翔。
而你，爱情啊，永远都是
我的悲观绝望。

1910 年代

在暴风雨的间隙……

在暴风雨的间隙，
充满了阴郁的亮色，
沉寂的白桦林上空
是飞逝的云朵。
当风暴刚刚在西方退去
周围弥漫着神奇的静默，
而从东方重又驶来
天国的马车。

1910 年代
斯列普涅沃

当他从家乡的城西大门……

当他从家乡的城西大门

走出，绕过地球

惶恐不安地走向东大门

心想：神在哪里，如此英明地引领我？——

于是我……

……………

1910 年代

斯列普涅沃

你不能使灵魂变成死的……

…………

你不能使灵魂变成死的，

而在心里，与大地的明智约定，

我也永远不会违背。

1910 年代

彼得格勒，1919

我们永远忘记了，
那些在疯狂的首都被囚禁的事物，
湖泊、草地、城市
以及伟大的故乡的霞光。

在浴血的圆周里白昼与夜晚
充满剧烈的倦意……
谁也不想帮助我们，
因为，我们留在了家里，

因为我们热爱自己的城市，
而不是展翅飞翔的自由。
我们为自己守护好
它的宫殿，灯火和河流。

另一个时代正在临近，

死亡的风叩打着心扉，

而神圣的彼得之城将为我们

留下失去自由的纪念碑。

1920 年